岁月记忆

枫乔　叶博◎编

山西出版传媒集团
山西人民出版社

图书在版编目（CIP）数据

　　岁月记忆 / 枫乔　叶博编. — 太原 :山西人民出版社，
2016.10
　　ISBN 978-7-203-09740-2

　　Ⅰ.① 岁… Ⅱ.① 枫… ② 叶… Ⅲ.① 诗集—中国—
当代 Ⅳ.① I227

　　中国版本图书馆 CIP 数据核字（2016）第 233808 号

岁月记忆

编　　者：枫乔　叶博
责任编辑：贾　娟
装帧设计：贾红梅　王煜罡

出 版 者：山西出版传媒集团·山西人民出版社
地　　址：太原市建设南路 21 号
邮　　编：030012
发行营销：0351—4922220　4955996　4956039　4922127（传真）
天猫官网：http://sxrmcbs.tmall.com　电话：0351-4922159
E — mail ：sxskcb@163.com 发行部
　　　　　sxskcb@126.com 总编室
网　　址：www.sxskcb.com

经 销 者：山西出版传媒集团·山西人民出版社
承 印 厂：大同市城区青春印刷厂
开　　本：889mm×1230mm　1/32
印　　张：9.5
字　　数：200 千字
印　　数：1—5000 册
版　　次：2016 年 10 月　第 1 版
印　　次：2016 年 10 月　第 1 次印刷
书　　号：ISBN 978-7-203-09740-2
定　　价：38.00 元

如有印装质量问题请与本社联系调换

CONTENTS 目录

应化雨诗作

含羞草

萤火虫

秦 岭 诗 作

同学少年

沧海月明

人在青山

王硕卿诗作

心知心

花非花

山外山

后 记

应化雨诗作

YING HUAYU SHIZUO

含羞草

萤火虫

北极星

弥勒佛

应 化 雨 诗 作

含羞草

桃花

春天，三月，

桃花在春风里开了，

像火一样熊熊燃烧。

有谁见了不说——

啊，多美啊，

但愿她永远不凋！

然而，她笑了笑，

而且笑得那么美好。

可到时候，

她还是悄悄地，

随着流水走了……

因为她深深地知道，

如果真是那样，

终究有那么一天，

会被赞美者的斧子砍掉……

迎春花

每当第一阵春风，
徐徐地从大地上吹过，
迎春花便带雪凌寒，
早已经欢笑在山坡。
在万紫千红的百花世界里，
总是她最先将春天迎接，
可是她从来也没有说过——
最先迎接春天的是我！

映山红

每年清明节，
当我们山乡
漫山遍野开满了映山红，
所有的人们，
总喜欢采一束
把她插在花瓶中——
因为，多少年来
大家都这样传说：
她，是先烈们
为春满人间而欣慰的笑容⋯⋯

无花果

人们从来看不见
无花果怎样开花，
却看见了累累果实，
在翠枝绿叶间悬挂。
该用怎样美好的字眼
来赞美她呢？
我想，最合适的，
莫过于这样四个字：
——质朴无华！

雪里开

雪里开，
总是矜持
自己的贞洁，
她说——
我不恋蜜蜂，
也不爱花蝶……
为了实践
她自己许下的诺言，
于是，便一心一意
嫁给了迎春的飞雪……

含羞草

在百花世界里，
都说含羞草最羞涩。
就连轻轻呵口气，
她也立即把枝叶闭合。
其实，花草自身，
又有什么羞涩可言？
她是为了告诉我们——
知羞是一种美德。

凌霄花

不要说
花花草草，
全都是柔弱之苗，
勇于攀登的凌霄花，
可从来壮志凌霄！
为了和朝霞一起，
去把美好的明天打扮，
你看——
她正在将军树的最高枝，
迎着火红的朝阳熊熊燃烧！

昙花

请不要
因为昙花一现，
便信口开河，
横加褒贬。
要知道，
美好生命的价值，
从来不取决于
她所存在的时间！

郁金香

每天清晨，
庭院里的郁金香，
都一一高举着酒杯，
杯杯甘露满斟着——
无限的祝福，
无限的期待：
在我们的生活中
充满芬芳的每一天呵，
请珍惜吧，她——
都是先辈们
所渴望的未来……

紫云英

紫云英,又称草子,
是一种普普通通的花草。
但是,也不要因此
便以为她微不足道。
我说,百花世界,
应当是千红加上万紫,
而她的花——
却正是"万紫"的真正代表。

万年青

花冠圆实殷红,
四周绿叶青翠,
宛如重重刀剑,
把一支燃烧的火炬护卫……
啊,多富有诗情画意啊,
心领神会,
难怪当年齐白石
要以浓墨重彩
画一株万年青,
并庄重地题写了
刚劲有力的四个大字——
祖国万岁!

水仙花

水仙花，
许多人又称她
"金盏银台"，
其实她自始至终
都力戒奢华，
而以勤俭为怀。
你看——
她全部的需求，
只是
一捧粗沙，
几瓢清水，
到时候，
洁白清香的花朵，
便在案头为你盛开！

山丹丹

山丹丹开花，
一朵、两朵、三朵……
管它人烟稀少，
任凭偏远寂寞，
她一心一意用鲜红的心血，

描绘着山崖，

装扮着山坡……

多少回，多少次，

我仿佛总是听见她

自言自语的诉说——

这里的每一寸土地，

就是我眼里最美的山河！

合欢

马缨一般的红花，

开放在炎热的夏季，

成对成对的羽叶，

每到夜晚便相合在一起……

谁说花木无言？

她分明在告诉人们：

生活应该火红，

爱情应该甜蜜……

花的印象（14首）完

有幸

我有幸见过
昙花的开放，
而始终没有见过
昙花的凋零，
所以她给我
留下宝贵的纪念，
永远是那样
美好、鲜艳和芳馨……

根子

人们总是
把最美好的颂歌，
一股劲儿地唱给
枝头上的花朵。
深扎在她底下的根子，
有谁去歌颂它呢？
但它还是照样
夜以继日地辛勤工作……

种子与丰收

任你播下的种子
哪怕是天下第一号的好，
也哪怕是转眼之间，
便长成了茁壮的禾苗，
此时此刻，
要是举杯庆祝丰收，
必须这样说——
还是为时太早！

稗草

我是一个农民的儿子，
我知道农民最讨厌稗草——
谁见了它，
都是要立马把它拔掉。
但是，识别稗草却并非易事——
它的外表太像秧苗！
几十年过去了，至今，
我还记得父亲当时的表情和腔调——
要想识别什么是稗草，
我教给你一个最简单的诀窍：
喏，那关节圆光肥得发黑的就是，
因为它……贪得无厌、蹿得最高……

荆棘

要想自己的门前
始终没有荆棘挡路，
就应当在出土的时候，
便彻底地把它铲除。
如果等到它
盘根错节再动手，
可以断言，那时，
肯定少不了流血之苦！

秋实

步履蹒跚的秋实，
永远，永远，总是走在
艳丽春花的后头。
而我，
却愿高举金杯，为她斟满
祝福的美酒……

记忆

我见过梅花的怒放，
我见过牡丹的娇容。
又是，花期短暂的她们，
给我留下的记忆——
永远长开不败，
永远那样年轻……

无题

爱的痛苦，像藤萝一样，
将我死死缠绕。
而爱的欢乐，只在睡梦中，
对我微笑。
在心田里
栽种容易凋谢的鲜花，
我说，还不如
让它去生长杂草……

应 化 雨 诗 作

萤火虫

鸟儿们（6首）

飞鸟

停落在
最高枝上的飞鸟，
总是喜欢不停地
梳理自己美丽的羽毛。
别以为这是在向谁炫耀，
它是为了展翅凌霄……

海燕

海燕,喜欢
十二级的大风大浪，
同样也喜欢
风平浪静的旖旎风光。
我曾许多次
亲眼看见它们——
追逐着一张张远去的白帆，
自由地欢歌、飞翔……

雁行

成群成群的大雁，
深秋南飞，初春北往，
总是把"一人"两字，
高举于万里云天之上……
有人见了，说——
蒹葭苍苍，白露为霜……
有人见了，说——
牛郎织女最凄凉……
见仁见智，我说——
这是在告诉人们：
要想永远步调一致，
就必须团结得像一个人一样！

鸽哨

清晨，我打开
阳台上的鸽笼，
让一群雪白的鸽子，
掠过屋顶，飞向云霄。

是向我致意？

是向我问好？
嗡嗡嗡……甩下
一串悦耳的哨鸣。

很快,远了,
很快,更远了,
一个个的白点儿,
越来越小,化入霞涛。

而最后,只有那
一串串悦耳的鸽哨,
久久地久久地
在我耳边萦绕……

乌鸦

乌鸦,脖子上,
围着一条洁白的领带,
成天价呼叫着好啊好啊……
不停地把自己赞美。
可是嚷了一年又一年,
嚷哑了喉咙,
嚷干了口水,

大家还是照样要说：
天底下数乌鸦最黑！

麻雀

屋檐下的麻雀，
会跳——跳不远，
能飞——飞不高，
它剩下的浑身解数，
除了叽叽喳喳的吵闹，
还是叽叽喳喳的吵闹……

鸟儿们（6首）完

兔子

连三岁的小孩都知道，
有一则早已说烂了的寓言——
叫做：兔子和乌龟赛跑。
结果，完全是因为骄傲，
兔子丢掉了绝对稳拿的锦标……
于是有人把兔子贬得很低很低，
于是有人把乌龟抬得很高很高。
但是，尽管如此这般，
我还是坚信不疑，敢于担保——
再次推荐竞赛选手的时候，
大家肯定还会毫不犹豫地
为兔子把手臂举得高高……

陷阱

陷阱里的狐狸
恼火地对陷阱说：
我与你无冤无仇，
你为什么总是坑害我？
四周一片漆黑，
陷口早已关合……
它所得到的回答，
是更可怕的沉默！

春蚕

人们常说——
春蚕作茧自缚，
是受不了
那满腹丝缕的苦！
不，不，其实，
它是为了了却
身前身后的事，
走一条羽化而仙的路……

乌鱼

在我们家乡，
谁都说——
乌鱼是草塘的霸王。
只要有它的存在，
便意味着鱼苗的遭殃。
于是，就在那大书着
"严禁垂钓"的木牌旁边，
钓乌鱼的长竿，
也依然可以常来常往……

老母鸡

老母鸡
最大的理想,
说到底
也不过是得到一把谷糠。
所以,尽管它也长着
两只很大的翅膀,
却永远不能像雄鹰一样,
在高空盘旋、翱翔!

疯狗

无论在什么地方,
要是遇上了疯狗,
切不可因胆小害怕
急忙转身逃走!
因为,此时此刻,
最需要的正好相反——
迅速猫腰,然后
果断地抓起一块石头……

萤火

每到夏夜,
萤火虫便用自己

美丽的小生命，
殷勤地点起了
一盏盏小小的灯。
忽高忽低，
忽暗忽明，
飞照在溪边泉旁，
飞照在花丛小径……
她们也深深地知道，
自己的灯光太微弱了，
可是，她们又想：
又何必自惭形秽呢，
连那太阳和月亮，
不也是一颗颗流动的星星……

所见

昨天还是
若市的门庭，
今天突然
变得冷冷清清。
我看见，
只有那只可爱的小花狗，
对于它的主人——
依然摇头摆尾，
一往情深……

应 化 雨 诗 作

北极星

童年

夕阳落山了，
一缕缕炊烟，
从山下小村庄的
屋顶上袅袅升起……

小牧童回家来了，
戴着一顶破了边的竹笠，
盘坐在牛背上，
披着一身夜岚，
顺着山坡，跨过小桥，沿着小溪……

他的嘴边还横着一支
小小的短笛——
呜呜呜，不成曲调，
却洋溢着山野泥土的气息……

这个小牧童不是别人，
就是童年的我，
岁月流走了多少当年的故事，
流不走的唯有这美好的记忆——

那炊烟，那夜岚，那小溪，
更有那呜呜呜的泥土气息……
我曾经是一个放牛娃，
我曾经有一支牛背上横吹的短笛……

孩子们的笑

六一,在幼儿园里,

我看见孩子们在笑,

笑得那样甜,

笑得那样美,

没有虚伪一丝,

没有奸诈一毫……

该把他们比作什么呢?

多像一群美丽的极乐鸟!

我愿以我的心窝,

永远、永远,

做他们安乐的巢……

日月与星辰（4首）

朝霞

清晨,天刚破晓,
天边的白云,
便代表遍地的鲜花,
虔诚地等待着,
向火红的朝阳
敬献洁白的哈达。
火红的太阳,
渐渐地、渐渐地,
终于升起来了,
为了表示深深的报答,
于是,便回赠白云
无边无际的光华……

北极星

夜晚,每当你
迷失方向的时候,
天边明亮的北极星,
便为你伸出无形的手,

指示给你：

哪边是南，

哪边是北，

路啊，应该怎么走……

可是，我不知道为什么——

千百年来，

不管是男女老幼，

把心中美好的颂歌，

总是一直唱给北斗……

太阳·月亮·群星

太阳、月亮、群星，

都是宇宙的精灵。

它们一样无私，

它们一样慷慨，

给大地以无尽的光明。

当我们无数次

把最美好的颂歌，

唱给了太阳时，

我常会想到：那些颂歌

也应该唱给月亮、唱给群星！

晚霞

几片乌云，像墓场上的几只昏鸦，

在西边的山头上，

一边好啊好啊地嚎叫，

一边得意地来回飞翔。

快要落山的太阳，

以为那是对自己

无限的忠诚，

无限的热爱……

于是便用自己的余晖，

把它们全都打扮成了

金色的凤凰……

日月与星辰（4首）完

在海上（3首）

致航船

无边无际的大海，
从远古到如今，
从来也没有一时一刻
平静的时候……
人们说：即便是无风，
也有三尺浪头。
航船呵，
一当扬帆驶出海港，
便应该时刻准备着
同狂风与恶浪搏斗！

大海深处

在那狂涛汹涌的
大海的最深处，
有永远采不完的
珍珠与珊瑚……
见了几个浪头，便

胆战心惊的人，
他只能以拾到几枚贝壳，
为最大的满足。

暗礁与小岛

在汪洋大海里，
暗礁与小岛，
两者高下之差，
也许是几步之遥。
然而航海者，
对于它们却从来——
一是百倍的警惕，
一是由衷的欢笑。

在海上（3首）完

路和双脚（5首）

桥

别以为条条大路，
本来就是坦坦荡荡，
从我们的脚底下，
一直通向四面八方。
应该感谢那一座座
横跨在江河上的桥梁，
是它们为我们踩平了
数不尽的惊涛骇浪。

盘山公路

一边峡谷幽深，
一边悬崖陡峭，
数不清的急转弯，
数不清的惊叹号……
行车大半天，
还在大山的怀抱。
谁都说盘山公路——
太迂回、太曲折，

使人头晕目眩、心惊肉跳……
然而,不是如此,
又怎么能抵达云霄?!

脚印

北风呼啸,
大雪纷飞,
谁说寒冬里,
就没有春光明媚——
我看见一队
奔赴深山的勘探队员,
迎着狂风隐入了漫天大雪,
而雪地上却盛开了一路红梅!

双脚

超拔人世的
珠穆朗玛峰,
太高太高,
可勇敢的攀登者们
从来也没有

被它吓倒——
因为登山者知道
再高的山峰，
也高不过自己的双脚！

恒心

从脚下的起点，
到远大的目标，
里程碑上总是写着——
曲折、迢遥……
有志者呵，
不要希冀走什么捷径，
只有自己的恒心，
才是唯一的最近的通道！

路和双脚（5首）完

山的印象（3首）

山泉

一股清澈明净的山泉，
充满着对美好生活的热爱，
于是，便轻快地欢唱着，
把矫健的步伐迈开。
哪怕是千回万折，
也难以磨灭其信心百倍。
因为它始终坚信——
前头就是浩瀚的大海!

瀑布

为了响应
远方大海的召唤，
她邀集了
满山的清泉，
唱着嘹亮的进行曲，
向前、向前……

突然，

一道万丈悬崖，

出现在她的前面……

是勒马驻足？

是掉头回山？

不，义无反顾的她，

"哗"的一声，

愤怒地抽出了一柄

辉映日月的倚天宝剑……

山峰

狂风在山谷里

拼命地怒号，

它说：我要

把所有的山峰推倒！

一座座山峰，

不言也不语，

依然像一把把利剑，

直插云霄……

山的印象（3首）完

断想(2首)

之一

历来的人们，
常常这么说——
堡垒最容易
从内部攻破。
那么，换一句话，
也就是这样——
家里有一个敌人，
也要比家外有一千个敌人
还要坏得多！

之二

人们终归不是
林荫深处的知了：
即使知道地厚，
也未必知道天高。
对于那些耕耘在
不同天地里的"老黄牛"，
又何必去讥笑他们——
分不清韭菜与麦苗！

断想（2首）完

人生

人生是一支
小小的短笛,
普普通通,
没有丝毫的神奇。
但是,一旦
为远大的理想伴奏,
她也便随之
变得非凡而壮丽……

保险丝

为了人们
生命和财产的安全,
它,保险丝,
总是把最危险的岗位挑选。
我想:夜晚里,
那繁星般的辉煌灯火,
必定是它崇高的精神
所闪耀的光焰!

在画图里

在一幅幅
绝妙的画图里，
总是布满着
无数平凡的一笔。
然而这每一笔呵，
也就在那美的整体中，
同时显示了
自己生命的意义……

给诗人

诗人呵，切不要
以为自己的诗威力无比，
像一颗原子弹，
能惊天动地……
其实，假如一首诗歌
有如一粒小小的石子，
投进池塘里，
能溅起一朵水花，
荡起一层涟漪……
我敢说：人们的大拇指，
便会高高地向你竖起！

写给编辑

一

一瓶浆糊，
一把剪刀……
编辑的工作对象，
是作者的来稿。
应该把拉拉扯扯的风气，
坚决彻底地剪掉；
同时还应该在"后门"上，
毫不客气地贴上交叉的封条！

二

有一位作家说得好：
编辑和作者，
应该是文字之交。
如果都这样想这样做，
编辑部与交易所，
这二者之间，
就永远也不会

划上等号……

三

你喜欢牡丹，
我喜欢芍药……
每个编辑，
都有各自的爱好。
但是，请不要
因为自己的偏爱，
便把其他的花朵，
全都给掐掉！

应 化 雨 诗 作

弥勒佛

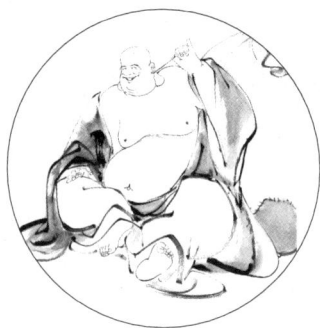

随想

如果一棒子就打死了
那景阳冈上吊睛白额的大虫,
那么,同时也就一棒子打死了
那景阳冈上的武松。
多多谢上施耐庵,
偏教一棒子打在枯树上……
于是,给人们打出了
一位真正的打虎英雄!

射箭

射向
密林深处的箭,
不言而喻——
一定是百发百中。
至于那位射手,
可未必有
百步穿杨的神通……

禅林叩问（4首）

弥勒佛

在杭州，
灵隐寺对面，
那飞来峰上，
有一尊弥勒佛。

他大腹便便，
半躺半卧；
他一天到晚
都在笑——
笑弯了眉，
笑眯了眼，
笑陷了两个
深深的酒窝……

他当真就没有烦恼，
只有欢乐？
他当真就四大皆空，
把红尘看破？

不，不不，
完全不是这样！

一位通晓佛经的朋友，
曾经告诉我——

佛的原意在梵语里
就是智者或觉者：
他与"凡人"的不同之处，
就在于
有察觉对着"烦恼障"——
在侵害如贼的烦恼中
能求得超脱……

游悬空寺

下不着大地，
上不挨蓝天，
难怪历来人们都说：
悬空寺啊,空——中——悬!

在幽深的涧底仰望，
飞檐参差不胜寒；
登上最高的三教殿，
风萧萧,飘然而欲仙。

好一处巧夺天工的建筑啊，

多像一座玲珑的玉雕镶嵌绝壁间！
我赞叹能工巧匠的绝技，
我赞叹古代建筑的非凡！

然而，
它到底不是空中楼阁啊，
君不见，那楼台下
多少根横木嵌入危岩……

五台随感

在佛家，
管佛、法、僧，
叫做"三宝"。
所谓皈依，
便是归向这三条。
然而我也想到——
佛在遥远的西天，
古往今来，
有谁曾见到？
深奥的《妙法莲华经》，
今来古往，
又有几人通晓？

那三步一跪五步一叩的
善男信女啊，
你们可是真的，
省悟出了
佛法的玄妙……

没有宝剑的人

出家人所描绘的
一幅幅美好蓝图，
不是马放南山，
就是刀枪入库……
而历史却在每一页上，
用淋漓的鲜血写着——
没有宝剑的人们，
永远受人欺侮……

【应化雨诗作】

禅林叩问（4首）完

错误

所有的人们，
每时每刻
都在诅咒错误，
真恨不得把它
从生活中永远清除！
但是，真理说话了：
如果真是这样，
那么，这个世界
也就走进了末路穷途……

人们都愿

人们都愿爱情，
和秋夜一样美好，
和谐、深沉，
高洁、神妙……
于是，
当在葡萄架下
乘凉的时候，
便用真诚的希望，
在银河上，
搭起了一座七夕鹊桥……

荣誉

美好的荣誉，

是一盏神圣的灯。

它总是给战斗者

以无限的光明。

但是，如果把它

举得太高了，

那也会立刻

给你投来一片阴影。

河滩上的石头

河滩上的石头，

随你汽车运马车拉。

然而，

铺铁路、架桥梁、盖高楼、建大厦……

都用砟石，而决不用它。

我想，这里的原因

或许有一千条一万条，

但其中肯定有一条是——

因为它又光又滑……

说笨

哪怕自己的头脑
天生就笨，
也无须自轻自贱，
或者怨天尤人。
我记得一位老师说得好——
笨者竹本也，
一个人只要永远有竹子的虚心，
他自然便有了凌霄之本……

真理与谬误

朴素的真理，
一旦穿上华贵的外衣，
在信仰者的面前，
得意地炫耀自己……
那就等于
向信仰者宣布：
它和谬误
已经相去无几……

梦

如果你的全部所作所为
和心里想的都能和盘托出,
像耶稣基督的信徒们,
对于无所不能的天主……
这样,就连你的梦,
也始终是美的——
没有风暴,没有雷霆,
没有狼嚎,没有鬼哭……

镜子

人们常说:
好好照照镜子吧……
镜子最公正最无私,
美就是美,
丑就是丑,
绝对真实。
可是,别忘了,
在那大千世界里,
有时也非如此!
你我的"尊容",
全都被颠倒了——
哭的成了笑的,
高个儿成了矮子……

偶像

凡是把人当作神，
树为"神圣"的偶像，
都绝非出于造神者
真诚的崇拜与敬仰！
这样做的人，
一是为了
愚弄无知的人们；
一是为了
把他们自己宣扬……

说话

一

如果一个人
老是喜欢唠唠叨叨，
可以肯定：
他有用的话
一定很少……

二

说话只是叶子，
行动才是果实。
即使你能
把天吹个窟窿，
到头来的收获
也只能是永远无知。

害怕

要是有人问我：

"世上真的有鬼吗？"

"没有，绝对没有！"

我肯定会这样回答。

但是，在黑夜里，

当我一个人走路的时候，

可又不知为什么，

总是有一种说不出的害怕……

秦岭诗作

QING LING SHIZUO

同学少年

沧海月明

人在青山

秦 岭 诗 作

同学少年

岁月记忆

【秦岭诗作】

已

我庆幸,我被遗忘

仿佛一页云母,被遗忘于玻璃的透明,
早已不再银箔般晶莹;
仿佛一粒水滴,被遗忘于泉溪的流动,
早已不再珍珠般玲珑。

也许,我们真的被遗忘了,
连同盲目的献身、狂热的激情——
未曾把带血的头颅掷向生命的天平,
未曾做中流砥柱力挽狂澜于狂风。
甚至没有文凭,甚至不再年轻,
甚至陌生于醉人的舞步与歌声……
当生命从深渊般的恶梦中警醒,
我们竟再也找不到属于自己的光荣……

但,被遗忘的总是昨日的背影,
心,并不因遗忘而变得沉重。

我是被遗忘于戈壁滩的胡杨,
却没有止息与风沙的拼争,
尽管,我并未长成劲健的乔松;

我是被遗忘于铁匠炉的铁水，
却不会拒绝被打成一颗小钉，
尽管，我也愿变成坚硬的钢锭……
我是开不出花儿的原上草，
却不妒忌城中的桃李，
只盼她不再畏雨愁风；
我是淹没于银河的天边星，
却不羡慕那孤高的月儿，
只笑他总是苍白而冰冷。

我是一颗沙，不哀叹被遗忘于墙缝——
只凭我，毕竟举不起沉甸甸的屋顶；
我是一抔土，不悲伤被遗忘于田垄——
只凭我，毕竟捧不出金灿灿的收成。

我是被遗忘于地心的岩浆，
决不会因此而冷却满腔的热情：
滚滚沸泉也许正诞生于我的奔涌；
我是被遗忘在雪岭的冰川，
决不因此僵卧洪荒的寂静，
浩浩大江也许正发源于我的消融！

遗忘在海洋中的山脉便是岛屿。

遗忘在岩石里的森林便是煤层。

沉淀在波涛下的泥沙能淘洗出黄金，

消失在海平线的帆樯依然在航行……

就让我也遗忘掉神圣的自我吧！

连同我的烦恼与不幸——

是的，我只属于历史分娩时的一次剧烈的阵痛，

但朝阳般崭新的年代毕竟已轰轰烈烈地诞生。

呵！一个十亿人的国度再不会

被遗忘于太阳系这颗最壮丽的行星，

我庆幸，我被遗忘：

当我的血肉筑进一座新的长城……

1984 年 5 月

那时,我担过凄冷的月光

隆冬,我冻硬的塑料鞋底
敲打着结冰的村巷,回声
像打击乐发出悦耳的音响,
肩头,挑两桶明净而凄冷的月光。

那时,生活的担子够重了,
我却喜欢负重而行,喜欢这样。
我怕停下来,那熬不起灯油的黑夜
会过早闯入我失望的梦乡……
多么盼望生活交给我一副
更重的担子呀! 可需要我的
只有五保户大娘。

后来我走了。只在梦里
才回过那小小的村庄……
可我相信
我的山村也已醒来了——
当强劲的山风
把铜钟般的人心撞响。
也许,它整夜都没有合眼,
为了在新房的浴室里
把会喷水的莲蓬早点栽上。

今天,那里怕再难找到一只水缸了
(连金色的收成也不喜欢这粗陋的容器,
它们属于国库和市场)。
我却仍希望能找回我那副
旧日的水桶,重新放回肩上——

我削瘦,但宽宽的扁担下
再不是柔嫩的肩膀;
我执拗,但汗水的酬劳
再不是灵魂的哀伤。
我愿意这样急匆匆地走着,
为我曾久旱的心田
永远也不会变的枯黄。

是的,我沉重的脚步
再奏不出打击乐般青春的乐章,
这是因为,我担起的
再不是两桶凄清的月色了
那是两眼生命的涌泉呵——
一眼,如解冻的冰河般冷静,
一眼,如沸腾的岩浆般滚烫……

1984 年 5 月 26 日

女生们

　　——献给杰出的包全女士，也献给永远年轻美丽的
所有白坊女生……

男生来自男校
女生来自女中
是谁的笔尖在表格上轻轻一碰
让我们蓦然间陌路相逢

又仿佛什么也没有发生……
没有少年维特和年轻的普希金
没有《红楼梦》《西厢记》《牡丹亭》
没有初恋的她、同桌的你
没有凄凄切切更没有海誓山盟
在过于莽撞又过于怯懦的青春里
我们没有青春期

也永远说不清女生们是谁——
是大娘大伯念叨的妮儿们娃儿们
是媳妇婆娘炫耀的亲姐热妹儿
是公社领导表扬的铁姑娘
是生产队长尊敬的妇女同志们……
——"女生们"也是全体女生的统称，
省略了每个人的容貌、性格和年龄……

——"女生们"也是每个女生的真名，
跟男生说话，第一句都是：
"我们女生……"

女生们当然就是女生们——
女生们是受宠的乖乖女
像母亲的连心锁、父亲的长命灯
女生们是骄傲的尖子生
只崇拜居里夫人、林巧稚、吴健雄
——不是女子、女性、女士更不是女人
女生们才刚刚念完初中……

女生们其实也不像是女生——
女生们是锄玉荚的农民
女生们是脱土坯的小工
女生们是挑泔水的猪倌
女生们是推碾子的村姑……
女生们把雪花冰冻成玲珑的头饰
让我们也不敢抱怨脚下的泥泞
女生们用炊烟升起顽强的黎明
让我们也用书籍读亮昏暗的油灯
女生们让我们懂得了自爱和自重
女生们教我们学会了关怀和担承……

女生们真的也不是女生——
女生们是石缝中默默生根的美人松

把艰难成长为最动人的风景
女生们是天空上云遮雾掩的处女座
让我们用圣洁的遐想思念终生。

一个铁锅里盛饭舀粥的女生们!
一排漏屋里出出进进的女生们!
没有拉过一下手的女生们!
没有凝眸看一眼的女生们……
让那些无助而又无知的男生们
梦一般又有了姐妹和家庭
让我们像孩子一样心安理得地
承受这火一般的厚爱、水一样的包容
也让我们成为再也长不大的孩子
一生都读不懂友情和爱情
一生都分不清亲情和友情

但所有的失去都不能抵消那慷慨的馈赠
女生们永远是我们的女生——
女生们是我们的另一半生命,
让沉重的往事变得轻松
女生们是我们生命的光荣——
让我们用一生报答爱和真诚

女生们是荒唐年代的人间彩虹
女生们是整个中国的一半知青

2006 年春天,写在送别包全女士之后的沉痛的日子里

马武山（六首）

矿山，我来了

罐笼真知我心意，
挟雷掣电这样急……

风机呼呼送暖风，
幽深的矿井也多情……

百里煤田初开采，
人生的道路从头迈——

煤层是书任我读，
没学到的知识从这里补。

被埋没的森林变成了煤，
我失落的青春能索回！

乌黑的炭吐出红火苗，
无穷志托付给这手中锹。

为时代愿做一块炭，
生命不息永远燃。

别对我说井下路难行，
为我照路有矿灯。

别告诉我下井有多苦，
我更知祖国还不富足。

祖国爱我青春红似火，
才把矿山交给我……

我是坑柱立煤海——
撑起矿山明天来！

1973年写于马武山

长车向东，长车向东

汽笛一声鸣响，清亮得仿佛透明，
震得群山一颤，把太阳弹上天空。
选煤楼下，又一列机车隆隆启动，
多好呵，我升井，它登程……
先不脱去汗装，先不摘下矿灯，
庄严地，抬起我长夜里熬红的眼睛，
让我静静地为它送行吧，
别忘了，我是一名矿工。

岂止是一名矿工呢,我的籍贯:北京——
煤山的专列,正驶向我心中的城。
北京,我是你枝头被吹落的嫩叶,
未料到,却飘进塞上的煤层。
地壳挤压着煤的身世,
岁月扭曲了我的人生。
只是,煤经过亿万年聚变才形成,
我,却在历史的一瞬间结晶——
十年前的狂热与忧伤,
早已转化为煤一般的沉静,
那机车牵引的煤车上,也有我!
北京,我的心没有变冷。

不会像一朵华灯去照亮你的长街了。
我属于煤巷里一盏并不耀眼的矿灯。
北京,我就留在这深深的矿井,
只让长车,日日载去对你的深情:
当我把燃烧的爱悄悄投入你的炉膛,
也愿你永远忘记
曾经有过一双迷茫的眼睛……

庄重地,抬起我太阳般明亮的眼睛,
在这里静静地送长车远行,

【秦岭诗作】

长车向东、长车向东、长车向东
目送它,一直驶进那天边的橘红……

1977 年 10 月写于马武山

采煤队有个北京人

只留下我,该走的都走了。
不想说孤独不想说寂寞——
当初,若不是古森林遗落在岩层下,
怎会有我脚下这一片煤田
殷殷实实、宽宽绰绰?

刚来时,大伙叫我"侉子"叫我"呆子",
亲热中带出几分稀奇,
关护中显露几分隔膜。
可如今"侉子"也多了"呆子"也多了——
对着载波电话,谁不得学几句"京腔",
使着引进机组,个个把书本啃破……
而我呢;出井是纯纯正正的塞上人,
下井是地地道道的盗火者!

山巅长城逶迤,
地下巷道交错,

天空有排成人字的雁群飞过……
若真的有一天叫我离去
这举世罕见的大煤田又怎忍割舍?
人常说:吹尽黄沙始见金,
我自信留下来的是好样的!

北京的岁月已成我遥远的记忆,
只有采煤队的伙伴还记得。
"北京哥们儿? 不错!"
——不用说,这是大伙儿在夸我……

1977 年 10 月,马武山

她走了

她走了,脚步慢又轻,
许是怕弄脏了晶莹的白雪……

我爱她。——我的年龄
已不需要隐瞒,或者羞怯。
我觉得,她像雪一样纯洁。
只是,她也像雪:冷静,
而热情……少了一些。
让我悄悄地哭一场吧!

·69·

让我流一次泪——
就像我不止一次地流汗流血。
矿工,也需要爱,需要理解。

我哭了。但泪水
不只是为得到温柔和体贴;
祖国。是不是有人也嫌弃过你呢?
哪怕投给你的只是怨艾的一瞥,
我的心,也会碰裂!
我流出的是自豪的泪呀!
因为,我知道该怎样做了,
当生活需要我做出裁决。
让我把十倍的爱情给你吧,祖国!
也许是今天才发现:只有你
才能牢牢占据我的心,我的一切;
也是今天才发现:连对你的每一块煤
我都爱得这样深、这样热烈。

她走远了,飘进纷纷的瑞雪,
我去下井,迎候掌子面上的春节。
真的,我还是爱她的,
但我不会与矿井告别。
我深信,一颗能融化冰雪的心,
不会永远被爱情谢绝。

1982 年

我们不冷

我们不冷。虽然井下
不像泊入梦境的住宅楼
有那么多温情脉脉的暖气片。
但,压风机送来的风是暖的,
每一条巷道都温暖如春天。
不信,请看我们头顶的热汗。

我们不冷,厚厚的煤层
是亿万年阳光的凝聚与积攒。
跟煤打交道的人会感到冷吗——
拥有亿万年阳光的财产。
连我们也是一群小小的恒星呢!
不信,请问我们头顶的灯盏。

请不要为我们失眠。祖国呵!
我只想得知:今夜,你可温暖?
我知道,烘暖每一个疲惫的梦
需要多少煤炭。

此刻,地面。那一天飞雪
正搅拌着零下二十度的严寒。

是怕冷吗？曾冻僵的心
又点燃燃烧过无数次的祝愿：
祝愿着一列列牵引着煤山的机车
正点开出，行驶安全。
尽管我相信：
再没有一场风雪
能够把道路阻断。

塞外。隆冬。夜半。
我们在底层下开采能源——
为我曾被冻伤的祖国
再不受风寒；
为我奔波劳碌的祖国
睡得香甜……

1982 年 12 月 13 日改定

班中餐

变一变伸延着悠长岁月的矿井
给予挖煤人抗饿功能的遗传。
八小时不应只是汗水和气力的支付，
电机与煤浪的奏鸣中，该添进
一段羹匙与牙齿的和弦——
深深的矿井里，我们进餐。

万人坑里的父兄如果醒来
没准会说:你们天天过年。
可是胃习惯了,不懂得饿,
嫌菜凉、饭干,还等着升井后,澡洗完……
——如同贫困的头脑,十年挨饿,
却不懂早该去充填。

不,保温饭盒是不会冷的,
那是祖国用体温烘热的呀!
难怪饭下咽,浑身暖。
白开水,少不了要美美地灌一碗,
为了多流几身汗!

我习惯了班中进餐,
吃得麻利,吃得舒坦!
哪怕那阴暗的关系网上,
最后一笔肮脏交易
仍会挥霍掉我半年血汗,
但我相信,我的保温饭盒里
是世界上最舒心的美餐——
不要笑,这硬邦邦的大饼蒸馍
眨眼间已被我狼吞虎咽,
我饿了。我的迅速

·73·

是为了咕咕响的肠胃，

也是为了沉甸甸的煤山！

也许真的有一天，我衰老了，

一顿，再也吞咽不下那么多的干饭。

但，我会在那个菱花灯下的夜晚，

在儿孙们惊奇而茫然的眼神中，

讲起一个需要班中餐补充热量的年代，

然后，再细细品味甘甜……

1981 年

马武山（6首）完

去找我的那颗星

我爱塞上豁达豪迈的山野，
爱山野集市的喧闹、小路的绵长，
爱小屋冬的温暖、山谷夏的清凉，
甚至爱这里的遥远与空旷——
尽管小镇的集市怎么也不会
变得比王府井更辉煌，
尽管山峦中的小路怎么也不会
修得比长安街更宽畅……

我是在北京长大的。小时候
像山里的放羊娃，也爱把星空仰望；
许是街院里的灯火太多太亮，
星空，竟没能留住我的幻想。
老人说：天上一颗星，地上一个人。
我却不敢相信
哪颗星真的是我在发亮——
天上的星星实在太少了！
仿佛都落在了都市的地上……

此刻，我倒相信了那个古老的童话
当发现今夜竟有如此灿烂的星光！

塞上,这遥远而空旷的塞上,

任你贫瘠任你闭塞任你苍凉,

这里的星空并不比都市的星空狭窄,

而天宇却增添了无数恒星的太阳。

虽少高楼虽少地铁虽少华灯怒放,

每个人却都可以找到属于自己的星光!

让我来寻找属于我的那颗星吧,

哪怕是最微弱的一颗

——它在这里也有光芒!

1984 年 5 月 26 日

就这样，留在这里

别投给我一瞥怜悯的目光。
别送我一声好心的规劝。
早知道，这不是一次惊人的选择，
但，我很情愿，我很情愿。

我的梦总亮满长安街的华灯，
才总将崎岖认作了平坦。
我的心仍留在礼花照耀的童年，
才会把雪絮幻想成花瓣。

不偏爱处暑三日即飞霜。
不偏爱出门五步便爬山。
可我真的被这里留下了，
虽然，也常像孩子般热泪涟涟。

寒夜里，稚嫩的泪音曾道一声再见，
北京，转眼已同我分手多年。
并非荣耀并非屈辱也并非狂癫，
我只信射出月台的心没有回头的箭。

没有立交桥的公路上还行走着辕马，

这应是最后的一匹，我愿为它卸鞍。
呼唤防风林的荒山已萌生了绿叶，
哪怕是最初的一片，我愿为它浇灌。

四年一次的探亲假
毕竟容不下长久的思念——
只好将太多的眷恋与深情
悄悄留给并非无情的山川。

一日百里的人生路
毕竟难挑动过重的负担——
只好将太多的离愁与怨艾
索性抛进瞬间聚散的云烟⋯⋯

既然我信念的鸟儿
已在这里把自己的天堂修建，
又何须一再去指责命运
那一次不很慎重的派遣？

还能再折回原路吗？
心，不肯承担又一次漫长的往返：
青春，正迈着焦急的步子
从生命的山路走向遥远⋯⋯

1985 年

想起大禹

也有过一声孩子气的啼哭。
该是我最后的北京了,
当十七岁时,那一声凄厉的汽笛
把狂热从巅峰震落到峡谷。

不,北京还是我的家
——有我恩师、有我慈母,
有我留下童年幻想的幽长小巷,
有我盛满少年梦境的青砖小屋……
我只是走出家门的孩子,尽管
走了那么久,走了那么久……

总是盼望探亲的日子。探亲的日子
竟又这般短促!
是的,很快会有一声果断的汽笛
把短短的团聚拉成长长的离愁——
怎想起了那个如痴如癫的大禹:
四年一度的探亲假,正是他十年治水
路过家门的时候。

毕竟没能那般脱俗:

三过家门而不入……
可我知道,真要根治一条黄河,
只用十年工夫,不够!

呵,离别的日子早已熟悉,
北京,人群中的我不必你认出……

中国,总需要有人去治水的,
于是,我们从家中远走。
但北京永远是我的北京——
哪怕下一次归期
是在三十年后、五十年后……

1986 年 5 月 19 日

薛家湾（3首）

感谢薛家湾的养育之恩，也感谢肖复兴先生为薛家湾和前门外凝聚了那么多动人的文字……

年儿哥

我记得前门箭楼下那个寒冷的夜晚
是年儿哥牵着我的手走出火车站。
他是我见到的第一个北京孩子，
四岁的我只会说谁也听不懂的陕西话，
我的年龄刚好是他的一半。

我好像就是在年儿哥家里长大的，
用不着父亲管教、母亲照看。
吃顿好饭，他家餐桌上准有我的碗筷；
除夕之夜，我在他家院子里放炮燃鞭……
后来我认识了许多胡同里的孩子，
有了越来越多的邻居和同学，
可他还是命令我背诗、强迫我锻练，
隔着院墙天天喊我快起床，
对我的作文横挑鼻子竖挑眼。
还拉我陪他买宣纸，总去荣宝斋；
还逼我跟他画写生，非得到天坛。

他又跟玩儿似的考上了市重点，
让胡同里几个年级的学生全都眼馋。
我更羡慕的却是他的大泼彩、大泼墨，
馋得肚子里只剩下一个词：秀色可餐。
我想他准是未来的傅抱石、张大千……
我更眼馋的还是他新学期的语文书，
我总能先睹为快，整整提前四年！
那是最丰美的筵席，任我狼吞虎咽……

许多课文后来再没有机会去学了，
其中包括一位作家写给女儿的信函——
而我后来竟也去了作家的故乡山西，
像作家的女儿一样当了个农民，
竟也从事了和文学打交道的职业
还在作家住过胡同里住了些天……
更想不到我的邻居就是作家的老伴，
想不到她的家竟和我的家一样贫寒……
我告诉老人，我不光崇拜这位作家，
也崇拜他们的女儿——赵广建。
是年儿哥的课本让我记住了这个名字，
她才是最早插队的北京知识青年！

年儿哥也去插队了，去了更远的陕西：

我的故乡,怎成了他人生的驿站……
背着简陋的家,他一直走在还乡的路上,
走回北京时,已经花去了半生的时间。
最可惜的是他珍藏的山水画册都没有了,
他画了许多年的山水画也没有了:
是嘉陵江上的洪水卷走了这一切,
也包括他亲手建起的家园……

年儿哥终于供职于一所美术院校,
但不知他是否还能成为傅抱石、张大千?
让我常常想起的还有他的那些课本,
想起课本中那位作家的女儿:赵广建……
我还想告诉他,在那狭促的胡同里
是他给了我无边风月、松涛流泉;
在童年的饥寒与人间的冷暖之外
是他给了我山高水远的一生浪漫。
他小时候的画全都保存在我心里,
一张也没有丢失——
从儿时,到今天……

年儿哥是我一生中的第一个朋友:
他给了我命运原本没有安排的起点,
让我把人生划成了另一条曲线……

胡同里的少文

小时候的少文是活雷锋、活字典，
是邮递员、是社交家、是考古迷；
给外地人引路、帮邻居家搬煤，
校园里写墙报、教室里修桌椅……
老师表扬他热爱集体的荣誉。
街坊们的说法是这哥们儿义气。
老爷子们预言：这孩子有大出息。
老太太们只哐巴两个字：仁义。

后来，少文到陕北当了农民，
胡同里也变得冷冷清清了。

可过了好几年少文都没回来：
不是不想老人不想他的胡同，
是穷得连火车票也买不起……
又过了好几年少文还是没回来：
没回来不是买不起火车票，
是忙着制造咱中国最大的飞机！

这么重要的工作少文能不忙吗？
没有回来探亲的少文好像从未离开，
冷冷清清的胡同里又充满了活力……

再过了好几年少文终于回来了，
但不是来探亲，是转回了户口关系：
凭着精湛的技术，还是去工厂干活，
但不是造飞机，只是造一种机器。

都知道少文又有技术又没脾气，
徒弟们就把难干的活儿留给了师傅，
也好让自己去抽口烟、下盘棋……
少文说：你们也过来跟我学学嘛！
徒弟们说：学好了也去造飞机？
少文说：再这样下去厂子就垮了！
徒弟们说：垮不垮的你着哪门子急？

没几年厂子说垮就垮了，
徒弟们就去开餐馆、搞中介、做生意，
只有少文不知道该去干什么。
他的存折上还没攒够五位数，
他还没顾上找老婆好像也找不起；
他也懂得优胜劣汰、人生博弈……
他想换个活法，又怕找不到自己……
他更怕让人知道，造飞机的时候
他曾是总厂的生产标兵、革新能手，
还曾是分厂的小报主编、工会主席；
他没时间谈恋爱才成了大龄青年，

・85・

他不懂得爱惜自己才积劳成疾——
没想到单身、患病又成了返城的条件……
来来去去中，就像演了一场戏。

你现在想起来是不是特后悔？
那么好的工作你怎么会放弃？
离不开飞机的少文离开了飞机，
再没有勇气来面对这些问题……
好像更离不开造飞机的日子？
好像更走不出胡同里的引力？
造飞机的少文又回到了胡同里，
自己该算是鹰呢还是鸡……

胡同里不光保存着名人的故居
胡同里不光覆盖着浓浓的槐荫，
只因为容得下太多人生的潮汐，
北京的胡同才有了它自己的滋味。
就算有一天这些胡同全都消失，
胡同里的记忆还是未来的话题……

李老师的薛家湾

李老师的薛家湾也属于我们，
李老师也不算是什么名人。

李老师的理想是上最好的大学。
李老师的全家人都做学问。
不是哪一阵风吹乱了她的心绪，
不是谁的手指拨回了她理想的指针：
只是因为太喜欢和孩子们在一起，
李老师走进了一所小学，教书育人。

于是我们成了她的头一茬学生。
于是我们班成了全校最好的班级。
十九岁的李老师对未来满怀信心：
她把梦想都交给了童年的我们……

后来李老师也住进了薛家湾，
成了和我们一样的胡同里的居民。
她的住处离她的梦想似乎更远，
却又和我们的人生挨得更近：
近得让我们不再对她感到神秘，
近得让我们都把她当成亲人，
近得四十年光阴都没有拉开距离——
走得再远也走不出她慈母般的爱心……

教完了我们她又教我们的孩子，
孩子们的李老师霜染云鬓。
一茬茬孩子们又都远走高飞了，
李老师还在讲台上默默耕耘——

直到胡同里只剩下越来越多的老人，
直到校门口的牌匾突然变更了名字：
变成了职业学校变成了培训中心，
变成了一个南方小城的驻京单位，
变成了一个临时机构的办事部门……
变得我们再也找不回童年的记忆，
哪怕四层高的教学楼依然鹤立鸡群。

只有李老师还是我们的李老师，
心还是那么年轻人还是那么精神：
想起她我就想起所有亲爱的老师，
想起她我眼前就漫过母校的百年烟云，
想起她我就会紧紧护住自己那
被她悄悄呵护了一生的一颗童心……
就算把一切都失去了又有什么？
在她眼里，我还是她得意的学生。

薛家湾的西头住着李和增。
薛家湾的东头住着郝寿臣。
薛家湾一个大杂院儿里住着李建平：
李建平就是我的李老师——
李老师的学生住满了全胡同，
李老师才是我们薛家湾的名人！

2006 年初秋于北京

薛家湾（3 首）完

沧海月明

我挖掘太阳

我是夸父。为追逐太阳,
我宁愿一刻不停地大步飞奔。
只是,我没有一柄神奇的拄杖,
为后人化一片芬芳的桃林……

不！我不是道渴而死的夸父,
我是生龙活虎的矿工——
肩负着时代交付的重任,
去打开地球的重重石门！
我知道,被后羿射落的九颗太阳,
全都掉进了地心……
为了找寻失落的太阳,
我在地层的深处顽强地掘进。

此刻,在辽阔的地面上,
我的祖国正轰轰烈烈地前进。
她有一个辉煌壮丽的未来,
而通往未来的路又并非很近:
她一天要赶十天的路程啊！
时间却不肯等人——
为让她一天能有十倍的光阴,

该给她十颗太阳来值勤!

顾不得回敬那轻视的眼神……
顾不得回味那劳动的艰辛……
为融化残冰,
为驱散愁云,
为烘烤不该淡薄的人情,
我把失落的太阳苦苦找寻——
既然生活需要十倍的光热,
就该有十颗太阳来加温,
好让我热气腾腾的祖国呀,
一身光彩,准时跨进明天的大门!

我是生龙活虎的矿工哟,
我在地层深处庄严地挺进!
不要惋惜我失去了太多的阳光——
太阳,正闪耀在我的掌心……

1981 年夏末

岁月·记忆

【秦 岭 诗 作】

多好的名字——"大同"

是因为有神奇的佛窟,是因为有丰饶的煤层?
古城啊,是谁赠给你"大同"的美名?

历史说:这是我千年的血汗揉进了遮天的黄沙,
织出的一片金色的梦……

未来说:这是我把人类憧憬的大同世界
装入了矿工无私的胸中……

我却要说:这是因为历尽劫难的塞上古城
最懂得珍惜祖国今日的安定!

啊,多美的名字——"大同"!
这是人们的心思,这是时代的叮咛……

大同,我在用整颗心儿呼唤你,
一声呼唤,倾诉我万般深情!

1980 年 12 月 2 日

岁月忆己

跑家人

不似那婴儿车艰辛、多情而又浪漫，
会从诗人的《第五十七个黎明》中缓缓驶过⋯⋯
跑家人只会年年月月天天
不停地等车、追车和挤车。

中国，总得有那么些男男女女
不属于黎明前香甜的梦境，
不属于早点铺芬芳的餐桌，
不属于尼桑、皇冠、奔驰，
以及永远飞不快的"飞鸽"、"凤凰"
和鹰一般迅疾而高贵的摩托。

也许该算是最舒适的旅行了——
不用减肥，跑家人个个苗条，
找不出一个大腹便便的乘客；
风吹不着、雨淋不着，
脚掌不必与地面摩擦，
连小偷这时也懒得上车
——跑家人衣兜里只装月票，
跑家人提兜里只装饭盒，

（何况所有面孔相互已记熟，

每一只陌生的手

都休想在如炬的目光里伸缩）

轮胎上的光阴是唯一的财富，

用不着紧锁密封、掩掩遮遮。

倒爷钱多、赌棍钱多、小摊贩的腰包也鼓起来了，

只有跑家人一无所有——

一无所有，又比谁都阔绰：

矿井晓得、厂房晓得、国库晓得！

把冬天塞进冷库把夏日焖进蒸锅。

把春雾拧成汗雨把秋风烘得火热。

泄洪闸不停地开启闭合，

车门吞吐着洪峰般的时刻……

顾不上发火顾不上拌嘴顾不上追究

我踩你脚你碰我胳膊，

每个人都有自己的位置，

无须计较你有座位他有靠处我无依托。

就这样前呼后拥碰碰撞撞挤压成

罐头一听铁板一块，

挤压得我中有你你中有我……

就这样拼命地挤、拼命地挤

挤出满肚子怨气足足地打进轮胎

去承受道路的颠簸……

脸总是焦急亢奋而又木然冷漠，

心总是永远疲惫而又朝气勃勃……

挤车——无奈而又最佳的选择。

仿佛永远往返于同一条线路。

仿佛永远重复着同一套动作。

永远平平淡淡忙忙碌碌风风火火，

穿过曙光夜幕穿过春花秋月，

穿过青春壮岁驶入人生的暮色，

于是都市的朝阳早早升起……

于是生活的晚潮久久不落……

1988 年 8 月

都市田园诗（3首）

广场上，他很焦虑

他该进那座繁华的商场，选几件新衣。
他该进那座典雅的剧院，他是戏迷。
难得进趟城呀！他是个农民，
没有星期天，也顾不得休息。
可他一任凝固在天空的赤日融化了影子，
拖着矮小的身躯，
只在这偌大的广场上寻觅……

广场上，七八根苍白的灯柱
伫立着单调与孤寂；
两三辆叫卖雪糕的小车
哼唱着永远重复的谣曲。
如同旷野，这是一片炎热的领地。
他是农民。长年累月
劳作于烈日之下，穿行于狂风暴雨，
却不忍城市曝晒在燃烧的夏日里。

他知道，城市不只是
车铃的喧闹、高楼的云集，
也该有紫丁香的芬芳与芙蓉花的绚丽。
都市的公民急需一簇簇鹅黄、一丛丛翠绿，

好去那里寻找

童年的幻想、爱情的温柔、长寿的秘密……

庄户人的院子宽敞极了，

可谁肯荒芜一寸地皮？

所以，他懂得每一片绿叶的意义，

踱着步，他计算着广场的面积。

烈日下，偌大的街心广场上，

一个身材矮小的农民在思考，

思考着繁忙的市长无暇思考的问题。

他是农民，他懂得珍惜土地。

1984 年 6 月

他和邮票自动出售机

一次次取出邮票，一次次塞进硬币，

仿佛不多买几张，

就对不起这奇怪的机器。

连那些豁牙子的小学生们

也捂起小嘴儿，笑他的认真和憨气。

村里的代销店也卖邮票，

（邮票，摆在陈放纸烟的栏柜里）

他在那里买过花瓶、买过茶具，

买过洗衣机和收录机……
不过,他从来没想过买一枚邮票,
他不懂集邮,也没有亲戚在城里。

他很有钱,但
并不想向城市炫耀富裕。
或许最初的瞬间只是因为好奇……
那么此刻,他已在构思着一个全新的主题:
他要给出版社去信,购买那套
没买到的《陆游集》;
他要给电台去信,点播那支
没听懂的"随想曲"。
他还有好几首早已写好的诗呢,
也许,该大胆向《诗刊》投寄?

此外,他也不想买什么"雪花呢"了,
庄户人不图时髦,
那玩意儿喜欢沾土,又不好洗——
听说大熊猫遭难了,
寄点钱,捐给自然保护区。

邮电大楼,一座神奇的建筑物体!
不仅能为城市增光、与世界通话,
把心声和友谊传递——
当玻璃墙外,内行的集邮家们

正进行着热火朝天的交易，
年轻的农民，把一枚枚汗水镀亮的镍币
投入邮票自动出售机，
轻轻地、轻轻地，
取出他宏伟的、飞翔的希冀……

1984 年 6 月

都市里的田园

——写在农贸市场里

不要说：都市里的光阴
金子也不换，
我宁愿把每个金色的黄昏
分给你一半……

回家的路途很远很远，
但，我总是把归程再延长一段。
仿佛约好要来看你，像早上
准时赶去签到上班。
用不着讨还价，用不着盯秤盘，
乡下人钱多了，连秤杆也翘得舒坦，
挑挑拣拣，倒显得城里人寒酸；
用不着走后门，用不着看人脸，
哪怕是牙齿漏风的老汉开口，

也准比商店里的姑娘话儿甜……

我来这里
不只为饭桌添几分色彩，
为寒冬添一片春天。
沉浸在这笑容里面，
我便洗去了一天的疲倦；
陶醉于这喧嚷之中，
我便陶醉于喧闹的丰年……
插过队的穷山村，
早已梦一样遥远，
养育我的好乡亲呵，
又天天总在我眼前！

该怎样称呼你呢？
你这都市里的田园！
连拌着汽油味和汗味的热风，
都被你熏得湿润香甜！

哦，不是我金子般的黄昏
被你索走了一半，
倒是你把希望的原野
悄悄搬进了我的心田……

1984 年 6 月

都市田园诗（3 首）完

母亲的眸子望着我

母亲的眸子凝视着我。
我们离别了,在这团聚的时辰。
不是么? 孩子们已经提前过年了,
爆竹,溅得满天星斗缤纷。

母亲,你真得老了吗? 我不相信——
你的眼角,是谁刻下了那么深的皱纹?!
呵母亲,我也变多了,
再不会是那个摇着铃铛的小小子
偎在怀里任你亲……
你不嫌弃吗?
我这颧骨凸突的面颊
我这南腔北调的口音
没改变的怕只有那颗心……
再不会把我紧紧搂在怀中了
——您也不肯,我也不肯。
不,这不是隔膜,不是疏远,
千百重山水、十五年光阴,
才把爱熬炼得这样深沉……

像那座苍老狭陋的四合院,

母亲,从一诞生就不曾光彩照人。
这也许就是她最关心的事情了——
"老是熬夜,烟抽得太勤……"

别怪我头也不回地走了,
母亲,我怕我缠绵无尽的眷恋
会被误以为犹豫或伤感,
在你的心头压得沉沉。
我走了,但我知道:身后
母亲,还久久依靠着油漆剥落的街门。
一串别人看不见的脚印
她那双昏花的眼睛看得真真!

呵,母亲的眸子凝视着我……
我平凡而又尊贵的母亲,
此刻,正代表中南海不眠的灯光,
团结湖欢笑的楼群
和立交桥上星夜兼程的北京,
欢送一位普通的中国公民。

1984 年春节

他也是那么爱看火车

疾飞的列车早已从窗外呼啸着闪过，
那一双眼睛还久久的久久的望着……

那是双多么明亮而痴迷的眼睛呀！
省略了道旁才冒出的新楼
以及那鞭炮中乔迁的忙碌；
省略了窗前又长高的柳树
以及那枝头上精巧的燕窝。
仿佛世界上只有这没有尽头的铁轨
以及铁轨上永远奔波的火车……

多像又一个儿时的我呵，儿子，
我也曾这样爱看火车。
只怪一双痴迷的眼睛
无力摆脱那最天真的诱惑
我才领取了一张免费颁发的车票
使得命运终生跋涉。

儿子的命运也会像我吗？
别再像我，别再像我！
那是双该在动物园观看熊猫的眼睛呀，

那是双该在天文馆遥望星系的眼睛呀,
也许只是因为我的过错,
才选择了小城郊外奔波的火车?
我的眼睛竟悄悄地湿了……

会后悔吗,我的孩子?
你不说话,只用目光
向轨道的尽头痴痴地搜索……

对,愿你像我、愿你像我——
哪怕有一天火车真把你
载到一个更陌生而遥远的地方,
也千万别怪怨你那双清澈的眼睛
对世界做出的真诚的选择。

浓重的蒸汽已扩散成苍茫的暮色,
暮色中正驶来又一列火车……

1985 年 5 月 13 日夜

答友人

该是那场劫火早已把激情燃尽
十五年,竟再也不曾写诗赠人
人道是胡天八月即飞雪
塞上秋日,却萌发了我一颗诗心

你写你的庄稼汉
我写我的采煤人
本无缘相认,又偏偏早已相认
你沃野日日收获
我煤田徒自耕耘
配不上做你知音,又不甘不做知音

并非你未经忧患
并非我未尝苦辛
两串相同的脚印把心走得这样近
许是你我都自知贫困
才咬牙将小小的自我也奉送他人

感谢桐城养育你高高的梧桐树
也为我苍凉的心境覆一片绿荫
且让我单薄的诗行织一方罗帕
捧与你阳关路上拭风尘

分别 ——致宝生兄

只怨日子太长，
相会太短，
一声再见，拉出
长长的思念。

太长太长的思念，
太浓太浓的思念。

有没有神与佛的见证，
在石窟的浮雕上面？
有没有心的纹路，
交汇于一帧照片？

我认识你了，
你也认识我了，
在人世间，关山重重，地北天南，
总驮不动友情一片。

我思念的长丝哟，
当我咬破茧壳的时候，
朋友，那是我们再见的日子吗？

独白

已经失去了许多许多。

青春竟遭无情劫掠，
虔诚曾被恣意挥霍……
给予你的本该是更多温暖，
属于你的本该有更多欢乐。

可这世界很大却也很小，
它偿还不起欠你的债务
并非只是出于吝啬——
它的土地太少贮藏太少钱财太少，
感情的积蓄也太微薄……
它比你更需要温暖更需要欢乐。

谁也说不清：太阳为什么
总要无情地燃烧自己，不停片刻。
你也有自己站定的位置，
并从那里煎熬自我，烛照生活——
尽管对于无垠的天宇，
每一处星空
既是中心，又是角落……

你不怕失去了许多许多，
只因为这世界——是、你、的！

1985 年 7 月

我们有黄金

披着雪花踏过冰河穿过风啸，
远方赶来的春天在向人间问好……

也许被脚步磨亮的那些日子，
连同往日的焦灼、忧虑与欢愉
都将从岁月的记忆中悄悄抹掉。
而我们还将以淘金者的姿态
面对这些被贫穷冰封过的土地，
面对这些被春天唤醒了的日子，
又一次迈开寻觅的双脚——

从泥沙中淘洗真金，
从痛苦中淘洗欢笑，
从迷茫中淘洗自信，
从风险中淘洗荣耀……
伸出这淘金者的臂膀，
把风刀霜剑拥于怀抱：
以血肉喂养生活，
将灵魂交付惊涛！
经历更多苦难的煎熬，
自会得到更多的回报——

我们有黄金！我们的黄金
或许未能打制成华美的金项圈，

却可以浇注国旗上的五颗金星，
国徽上的齿轮麦穗，
共和国的万丈金辉，
现代化的金光大道！

我们有黄金！我们的黄金
或许未能打制成摔不碎的金饭碗，
却可以让礁岩变成黄金海岸，
让江河变成黄金航道；
让金色的长城固若金汤永不倒，
让金色的土地希望绽满枝条；
让明月弯作金镰，收获梦想；
让旭日擂响金鼓，永壮心潮！

我们有黄金！我们的心
或许也是金子做的——
纯净得如同黄金，难容杂质；
沉重得如同黄金，心事滔滔；
刚毅得如同黄金，信念坚定；
年轻得如同黄金，永不衰老。

用一页金光闪耀的历史，
为子孙留下万代自豪。
以亿万金光闪耀的灵魂，
向未来架一座金桥。
——淘金者总是艰辛的，
——淘金者也是幸运的！　　　　1991 年岁末

·109·

到涛公门下讨一杯茶

春雪收住了脚步,不留一点声响,
静得让我又想把涛公的书捧在手上。
这个时候,不知是该再冲一杯茶,
把睡意彻底冲散,任思绪信马由缰,
还是该把杯底的残茶赶快倒掉,
只静静品味那书卷里飘荡的茶香
——我是说,读李国涛先生的文章……

我也是涛公收留在门下的学生
——三十年来我常常这样幻想。
除了景仰、感激和深深的想念,
连饮茶的爱好也仿佛是刻意模仿……
不同的是,我对茶道一无所知,
就像我爱读书,又依旧满腹荒凉。
我不喝龙井、祁红也不喝廉价的"高末",
不曾品茗于茶馆、茶座或书院、禅房。
我只会把那中等偏下的花茶酽酽地沏开,
饮它浓浓的苦涩,饮它苦涩的花香,
饮它能困时提神愁时理气饥时水饱胃肠,
倒也可代酒代药代饭代汤……

涛公的茶却引发了我无尽的遐想——
那些茶可是购于明日雨前或昨日浮梁；
我没去过拍卖会，也不认识一位茶商，
不知道那茶的价值可否用行情来衡量？

我只感觉涛公其实就是一位茶农，
种茶于淮水之滨、泰山之麓、难老泉旁。
一双慧眼，辨认出那么多名贵的茶树，
夙兴夜寐，又总是不慌不忙……
又想象涛公原本也是一株茶树，
在老年的枝头，他随手摘下几片叶子
微微一焙，就散发出奇异的芬芳……
然后，把天地的清气都敛藏在树上，
让苍郁的树冠蓄满生机，久久飘香。

读涛公的文章也唤起了我奢侈的欲望：
想到他的门下讨一杯春茶，慢慢品尝。
不是因为世味越品越淡，
也无关是否人走茶凉，
我只是想看看春天怎样从老树上发芽，
看看秋色怎样长成迷人的春光……

　　2005 年 3 月，为李国涛先生从事文学评论活动
50 周年敬作。

欲休还说……

——在想象中写给老朋友马毕飞

"总算还有这么一个朋友吧!"
——若不是你斟酒时倒出了这句话,
我还真以为,老去的只是时间。

我又能对你说什么呢:
说上个月参加了五次研讨三回庆典,
说上礼拜出席了两个酒会四拨聚餐……
或者说厌倦了迎宾待客、接车送站,
说想练练参禅悟道、打坐闭关……
——可我就是说了,你会信么?
——你就是信,我会说么?
还是什么都别说了,来来来再干一杯!
我不想挡回你老马这动容的酒后真言……

我只想说:有一个朋友难道还少吗
——你来自百忙之中来自千里之外,
来自萍水相逢的二十年前……

倒也让我想起另一个姓马的朋友:马立忠。
记得他吧,三十年前就是百里煤城的"名编"

穷得叮当响,还老请写东西的穷朋友吃饭,
到退休时,都没有还清欠下的饭钱;
好拉拢名人,还忙着给朋友们引见:
什么庞德、萨特、马尔克斯、马利丹……
不但夸夸其谈(又没让你上电视台),
也爱跟人狡辩(想来我是受他的传染),
直到现在,我还是常常被他从梦中吵醒,
醒来,无声寂夜中,又惶恐于梦断……

又想起极少走动的马增千,塞外二十年
他光忙活着把山里来的学生送进美院;
几个山药蛋、一块调色板,
他怎么就能做成那么地道的西餐?
后来,我们又都回到北京,更难得一见,
他只是在电话说过几遍:回去看看吧!
这么多年,我就想再画画咱雁北的山。
他没有提米勒、德加、莫奈、马奈,
我怎么就想到了梵高的向日葵……

又想起你也熟悉的马骏。想象
一匹骏马绝尘而来,不是为了春风得意,
我是思念他土地一般的沉默不语,
——连那次只有几分钟的匆匆一见,

他也没使用任何语言！
我知道那边的欢笑中有许多昔日的朋友，
可只有他从茫茫人海中挤了过来……
那一见，我盼了十年，又忆了十年！

还想起了你更熟悉的马晋乾，那位老诗人
想必只为了很早前写在心中的一句诺言，
此后便将生命的诗花开放成平凡的绿叶，
把风光全留给梅、兰、菊和真真假假的牡丹，
连许多年没有开花也没有踪迹的我，
也依然没有走出他的多情的视线……

也想起了马作楫这位更老的老诗人，
桃李不言，门下的弟子何止三千？
这其中也一定包括我——
哪怕怯怯的我，竟不曾登门拜见……
也想起声名赫赫的大作家马烽：
也写小说、也当官儿、也像个农民。
鼓捣文学的人常把他说成是自己的朋友，
我也不该例外，且应坦坦然然。

更有马克思这位留着大胡子的老同志，
他一生穷苦，靠朋友的接济才活下来；

年轻时他也写爱情诗,水平倒是一般,
——重要的是他写了一部《资本论》
让人类有了寻找未来的罗盘……
难怪"去见马克思"这句话
几十年都让人眼红得心颤……
如今却很少听到谁再这么说了:
不知是懒得去见他老人家,还是怕见?
可我相信,我的心和他离得还不太远,
去见他的时候,不会被一脚踹出门外。

还有帮着我选择了前途的马玉山……
(不是一座山,他是一个人)
还有注定了我一生命运的马武山……
(不是一个人,是一座矿山)
是老支书的一句话,让我不再犹豫徘徊:
"……去了,兴许早晚还能派上个用场
比起咱村儿,到底还是那儿地势宽……"
是那座矿山,让我懂得了生死相依懂得了爱,
懂得了最勇敢的生命也最平凡……
也让我有了后来的一切,像煤的身世
可埋可采,不悔不怨!
让我有了那么多姓马和不姓马的朋友,
数不清、忆不完……

就连我们当初的相识

不也是因为惺惺相惜、命运相连？

鲁迅欣喜：人生得一知己足矣！

秋白叹息：一生没有什么朋友。

廖静文说：悲鸿走后，

没有朋友来看望我和孩子……

徐悲鸿最后一幅作品：《鲁迅和瞿秋白》

没有画完……

我只是一个最平庸的小人物，

不敢窥测前辈心中有几许波澜。

我只知道有朋自远方来，不亦乐乎；

只知道朋友多了日子甜、路子宽……

老友啊，我知道你也只是想安慰我，

可又总觉得内心最深处的秘密

早已被你一眼看穿……

不过咱把话再说回来：

有没有朋友又有什么了不起呢？

无论那是瑶池盛宴还是奢华的梦想，

无论那是活命之水还是腾达的本钱，

无论是在天上、在地狱、在人间……

2005 年 3 月草成，次年又改。

献给巴金

把忏悔和痛苦的思索留给自己，
把爱和完美留给读者留给人间。
巴老巴老！
百岁人生，多么绚烂……

但，我也知道
您很早就想走了：
因为病痛因为疲倦，
因为天堂里有那苦苦等候的萧珊……
可是，当这一天真的来临时，
我们仍心痛得泪水涟涟——
因为崇拜、因为文学，
因为依恋和害怕孤单……

巴老巴老！
也让我悄悄送你一程吧，
不惊动您、不打搅您，
只带去一个小小的心愿：
愿你在夜晚的天国散步时
别忘了俯下身来看我们一眼——

用您星光般明澈的目光
照耀文学的良心，
照耀灯火辉煌的尘寰……

巴老巴老，
我知道百岁生命不是您人生的终点！
此刻，我分明看见——
一颗永恒的星辰
正冉冉升上九天……

2005 年 10 月 19 日祭献于巴金遗像前，
第一次走进中国现代文学馆。

悼念一位母亲

是因为太多的羞惭和悔恨、心太疼?
是因为文字太轻、笔又太沉?
想写一首诗,二十年写不出一个字,
今天写下的,竟是这一行沉痛的脚印……

呵,那苦难的一切不是才刚刚过去?
那宁静的黄昏不是才悄悄来临?
对于原罪和愧憾,祝福是我们唯一的偿还。
可您,为什么连这么微小的一点欣慰
竟也不肯留给自己、留给我们?
呵,光美老人! 光美老人!

您又何曾在意过自己的一切呢——
无论是名门才女、无论是主席夫人,
无论是身在高处、身陷囹圄、身担重任,
无论是身为遗孀、身为继母、
身为一个普普通通的中国老人……
想到您我就想起那位淘粪工人的老伴儿
也想起国家主席和那位淘粪工人
想到您我就想起许许多多贫困母亲,

想到您前倾着身子和她们聊天，聚精会神：
而看起来，她们比您的女儿还要年轻……

您更是宽厚得从不需要倾听忏悔！
您更是透明得连隐私也荡然无存！
您一生什么都没有得到也都不需要，
可是只想为人间留住一颗恻隐之心？
而我们又对您做了些什么呢……
做了些什么——我们谁也不曾忘记
只是都不说出，也就好像什么都没有发生……
可我们又怎敢因为您博大的宽容
永远放弃人格与自尊……

生命的离去也意味着生命的轮回——
就让我们继续去做您做过的那一切吧！
为了感戴一位尊贵而质朴的母亲
用自己非凡的气度和平凡的肉身，
去忍受世人不忍言谈的苦难，
去抚平岁月难以抹去的伤痕……
——终有一天这个世界也会弄明白：
在历史与未来的交接点上
有一代人和自己的母亲们一道，

勇敢地承担了本不应负的所有责任，
才使得成功的喜悦再不是你死我活，
青春的狂想再不是煮鹤焚琴！
才给了支离破碎的人心一个修补的机会，
让母亲不再受辱、儿女不再受难，
走出劫难的生活从此走向万象更新……
——哪怕一生都因此而磨难重重！
哪怕一生都走不出愧疚、软弱和困窘！

而我们，只是想认认真真的
做一回人……
或许，也为了让一位伟大的母亲
在天堂的路上走得开心……

2006 年 10 月下旬

温家窑的绞水谣

曹乃谦说:"我就是个乡巴佬。"

怎么钻到里边就出不来了?
像将军守着他的城池,
像贵族守着他的古堡,
像财主守着他的老宅,
像孤僧守着他的破庙……
曹乃谦守着个温家窑
在里头刨挖出许多宝——
二十多年,硬是没人知道……
一夜之间,这个乡巴佬又火了。

其实也不是一夜之间呀,
二十多年前他就够火了——
那个汪曾祺老头儿不光拍案叫好,
还送给了温家窑"风景"俩金字儿,
与乡巴佬从此结下忘年交……
后来老外马悦然也像害了相思病,
从瑞典文学院专程跑到温家窑,
耄耋之年也没觉得自己老……

可这温家窑到底在哪儿呢?

问了好多人都说不知道。
连曹乃谦都说它是最后的村庄嘛，
想来这个地方太偏僻、太难找……
再一想又觉得不对劲儿：
七老八十的老人家们能找到，
又有谁没长两只耳朵一双脚？

这温家窑真是让我魂牵梦绕！
那儿可是我的故乡可有我的父老？
我想知道我熟悉的风景是否依旧，
想看看乡亲们的日子过得可好……
也盼望天下人都到那里走上一遭：
想寻根的寻根想怀旧的怀旧，
想解馋的就尝尝那莜面黄米多么地道；
让都市人在土窑洞的火炕上抻抻懒腰，
再心甘情愿地掏出一大把钞票——
让咱的文学也贴近一下生活，
帮穷乡亲们鼓捣点儿致富的门道……
至于获不获什么奖那是作家们的事儿，
不外乎何为浅薄何为清高，
有人情结太重有人给也不要。
这些问题比霍金的宇宙复杂得多了，
我没见过世面也轮不上我磨叨。

又想起了八十多岁的马悦然：
坏就坏在他夸过的作品太多了……
又想起了二十年来的曹乃谦：
好就好在他钻进了温家窑……

但别以为老马也是瞎忽悠！
中国文学人家翻译了几十年，
没有功劳算不算有点儿苦劳？
八十多岁的老人还犯得上说假话，
犯得上非要讨好一个乡巴佬？
也别以为老曹只是个乡巴佬！
他也当过文工团的首席演奏，
写字儿的时候，他照着乐谱；
他也是公安局的刑侦高手
一双眼睛比鹰还刁……

马悦然真是马悦然！
温家窑可是温家窑？
曹乃谦就是曹乃谦——
乡巴佬不是乡巴佬。

2006 年岁末于北京

诗和我

一次过于匆忙的没有出发的远行
让我一生都奔走在返回家乡的路上
我相信每一个旅伴都是我的亲人
每一片屋檐都是归宿
在没有灯光也没有旅伴的夜晚
我就用身体内的油脂点一盏诗灯
把眼前照亮。
快乐和忧伤的时候
我当然也想写诗
写给远方和梦中来访的长辈与朋友
写给生命的尊严、永恒的希望……

2006 年 12 月

李敖这老小孩儿

什么大师不大师的,李敖
不就是个老爱说话的小淘气包?
要不这个七十岁的老头儿
在老师面前,怎会变得这么乖巧
这不,还跪下了……

李敖可不曾向谁弯腰。
今天,他跪下了,只是
为长寿的老师幸福地活着
为悠长的期待止于今宵
为滴水之恩,涌泉相报……
或许什么也都不为,
只是在这一瞬间,他的膝盖
忽然间就软了

五百年白话文第一人随便说说
大师不大师的同样也不重要
只有这跪下去的膝盖不让人小瞧——
把一辈子的真情都留下
让五百年的人们去仿效
也跟那一拜就火了一两千年的
桃园里结义的哥儿仨唠唠:

什么叫"义",你们懂吗!

说不定这个李敖也没想那么多
不然,他怎么会显得那么羞赧呢

在很老很老的老师的家里
跪着很老很老的李敖
像一只孤独飞翔了一生的老鹰
突然飞进了童年的暖巢……

不,不是只老鹰,小孩就是个小孩
可以大大咧咧任性撒娇说恼就恼
也永远离不开亲人的怀抱

李敖,你这个不曾走出过家门的孩子
在回家的路上转眼间走到了这么老
再老的李敖也是个孩子——
最刚强的人,也最软弱
想哭就哭、想笑就笑吧
这样你心里就好受多了

起来吧,李敖,
你也是个老人家了
想走完前面很长很长的路
还要靠你的一双脚

2007 年

岁月记忆

【秦 岭诗作】

以幸存者的名义

——写给 2008 年 5 月 19 日的 14 点 28 分

从 5 月 12 日的这一刻开始,七个昼夜
震痛的心依然仿佛刺满钢针
但此时,我必须挺直被悲哀压弯的身躯
以幸存者的名义为死难同胞默哀——
虔诚得像一个卑微的晚辈
任沧桑的面颊上泪雨纷纷

因为那么多苍老的背影注定与孤独相依,
因为那么多恩爱的夫妻再不能携手黄昏,
因为那么多母亲失去了孩子,
因为那么多孩子再也找不到母亲……
我和我的祖国和我的人类一起默哀,
以幸运者的名义,悼念我死去的亲人。

既然这是人类无法逃离的劫难,
就注定了人类只能面对厄运——
这一次,承担了这天塌地陷的
竟是我亲爱的祖国和人民!

我只想说：
我是地震的幸存者！
我是人类的幸存者！
生死本应是公平的分担
我亲爱的同胞啊，
是你们把天灾和苦难留给了自己，
我们才侥幸未作亡魂！

我还想说：
从此年年 5 月 12 日
都是我祭奠亲人的日子——
因为我能幸运地活着，
因为我不能不祭奠亲人，
因为我的中国心，
因为我是中国人，
因为那么多同胞都在天上
还放不下心中太多太多的牵挂，
正默默审视着我们的灵魂……

如果

如果有来生我只想做一棵树
不在意受人青睐还是无人过问
留在岸边就长成一株柳
落在悬崖就长成一棵松
种在荒丘就长入防护林

连今生我也只会像树一样活着
只会栽在那里长在那里
只会在风霜雨雪中默默生存
不会像鸟儿一样鸣唱、鹰一样高飞
不会像花儿一般耀眼、藤一般奋进
——我早就说过了,可你不信

我更不懂得撑起一个家的不是两棵树
只能是一个男人和一个女人
不懂得即便是一生摆渡烟波里
也该为疲惫的身心注册一处泊位
不懂得即便是漏屋苦遭连阴雨
也该为阴冷的日子留住几分温馨
可我什么都没有能力做到

我只会像树一样呆板地活着
不知道该怎样挣脱自己的命运……

如果有来生我只想真正做一棵树
不是像树和树一样与你站在一起
我只是想让自己长成树
而让你依然做一个好女人
(还像今生这样善良真诚这样单纯)
让你在无花的冬季
眼中依然有一片绿;烦燥的夏日
头顶有一块宁静的树荫
在没有月华的寂夜
窗外有树叶喃喃细语;在冰雪中
我会用一无所有的枝桠对你呼喊
春天很快就要来临……

在来生我就这样做一棵树
把自己种在你的窗外或你的梦里
好让你的深情不再埋没于我的沉重
好让你的燃烧不再耗尽于我的愚钝
好让你孱弱的生命不再伴我栉风沐雨
好让你像所有平凡而朴素的女人一样

去做一个文静而幸福的女人
——也好让我能好受些、能好受些

可是如果来生真的变成一棵树
而不能像今生这样和你走到一起
就是再活一万年我又怎会活得开心——
为了我今生轻率地放弃了那么多
只有你才肯轻率地因我而放弃
为了你今生等待了那么久
遇到我竟如此轻信地托付了终身
为了我能永远和你相依相偎
为了我今生无力还情报恩……
就算还有来生我也还要做你的爱人
就像一棵树，哪怕情愿被砍伐去枝干
它也绝不情愿再舍弃自己的根……

2005 年 2 月;2006 年岁末又改

梅

松烟油烟已赠人。索性不必
勾枝涂干画悬根……
只画一簇燃烧的花朵,在雪地上
像一块
落地生根的火烧云。

画这样的花该用怎样的笔呢,
所有的锋毫都显得不火不温
——面对这石头开花一般的
花的奇迹,天地间哪有一支笔
能为它写真写意写精神?

那就给石头一个开花的机会——
能在寒冷中盛开的花
哪能没有一颗炽热的铁石心……

给不给颜色也无所谓。
好在还有封存了千载的朱砂
留作家底——或许依然色泽新;
好在还有蘸不完冻不死的红泥:

花是它的前生——虽说不值分文，
却也热得像血、红得像心……

再雕凿几番、再磨砺几回，
为了那颗梦想开花的灵魂！
石头呵，风刀霜剑中活过来，
还有什么苦寒疼痛不能忍……

也用不上人情般薄薄的纸，
白雪铺开似白金！
请君看：冰清雪亮的玉版宣
钤上了——刻骨铭心的
中国印……

2006 年岁末

秦 岭 诗 作

人在青山

京华入梦(5首)

写给回音壁

不是幸运的首都居民，
这里却录着我儿时的足音；
不是好奇的远方游人，
分明又带着异乡的风尘——
皇穹宇，一步步走近，
又怕它不肯相认，
我悄悄躲进人群……

轻轻在三音石上击一掌：
三音石，应我回音三叠——
声声深沉……
偷偷把耳廓贴在回音壁：
回音壁，回我问候千声——
句句殷勤……
呵，梦萦魂绕的北京城
仍记得我这故乡人；
离别已久的回音壁呀，
给我的回音是这样真！
真想把心儿留给回音壁，

从今后再不离分！
不，我怕它这小小的围墙
装不下我的这颗心……

北京呵，还是把它留给你吧，
连同我的儿时、我的稚嫩、我的天真。
而我，才是你真正的回音壁呀——
不然，我的胸腔怎时时总回响着
你的痛苦、热望与欢欣……

1982 年 3 月，于列车上

留影天安门

岁月和心，在悄悄对我叮嘱：
不必理会生活遗落的风尘，
不必遮掩雨雪漂白的衣服，
不必脸红，不必局促，也不必
回顾狂热的脚，是怎样从这里上路……

是在笑我呢，那位漂亮的"太空服"
——笑我这肩膀微驼、额顶半秃，
神态里，反露出几分山里人的满足……
不，你可知这十五年呀一步步，

·137·

我们是怎样为艰难跋涉的祖国
分担了肩头的如山重负——
否则,我怎敢在这天安门前
高高地挺起我的胸脯?

我是外地人了,首都!
我留影:不是为了把失去的弥补。
相机理解我,选了多好的角度;
对着雄峙在金水桥头的天安门城楼,
对着忙碌在观礼台下的知青小卖部,
对着紫禁城内幽深的历史,
对着长安街上放开的脚步……
——它用百分之一秒的速度哟,
急匆匆追逐我的思路!
于是,在那张还未显影的底片上
我的心和天安门已紧紧贴住……

北京呵,我把我的一切都留下了——
这坦然的笑容,这依恋的泪珠……
不呵,我把这里的一切都得到了——
只须有照片一张,也可以
显示出我的尊严与富足!

1982 年 3 月,于列车上

圆明园，你是完整的

不必为你心碎或涕零，
我相信我的这双眼睛——
在你的残缺与颓败中
我看到了真正的完整。

曾为人间呈现过一座仙境，
又在地狱之火中猝然夷平。
蒙昧的智慧因埋葬而聚变，
脆弱的感情在焚烧里结晶。
于是，一座精神的富矿
便在尘泥下悄悄生成……
胸膛的炉火不会再空荡荡了，
当我们寻觅到这里的矿层。

感谢无情而又多情的历史
慷慨留下血泪的馈赠：
正是这辉煌与不孝的烧结，
圆明园，你才显得如此完整。

装得下祖国全部自豪与苦难的
是我们的心呵！

在我心中
你留下的每一块砖砾
都会长成一座长城!

1985 年 5 月 14 日夜

寻访曹雪芹的故居

结庐西郊,黄叶村著书的老人,
你的茅椽蓬牖果真经住了岁月的风雨:
瓦灶绳床的老屋、凌乱潦草的题壁,
竟赢得了这多人间的敬意!

想来,只因你居住在人们的心里,
历史,总能找到你的足迹。
这不,那块岩石那条小径那道清溪
全都自动走进了《石头记》。

群峰叠翠,百鸟翔集,
可还认得出你笔下那白茫茫的大地?
或许是重归故里,或许是乔迁新居——
崭新的纪念馆与崇高的荣誉,
反正将永久地属于你。

且喜群芳荟萃的北京植物园

从此与你做邻居，
何不借姹紫嫣红无涯春色
一润你感天动地如椽笔？

雪芹老人，你毕竟已是近三百岁的年纪，
无须难为你去构思全新的主题。
但你会感到惊喜而欣慰：
《红楼梦》里的年代已永远过去，
而中国还会有许许多多的曹雪芹——
说不定
就在拜访你的人群里……

1984 年春天

车过青龙桥

也许没有出站的旅客，
月台上的人却总是满满的……

熟睡着他疲惫的身躯，
屹立着他豪放的气魄。
历史，把一尊铺路者的铜像
高铸在华都的门户，
可是为让每个进京人都像他那样

毫无愧憾地面对北京与中国？

没有一个小站有这么多人下车，
月台上却总是静静的……

北京，从远方我又回来看你了，
你可知我穿越了多少山岳与江河？
但，行进在你这生命铺就的人字轨上，
我羞于感慨人生旅途
那疲劳而又舒适的跋涉。

不敢站在詹天佑像前，
我怕一下子矮小许多……

不，我还年轻：说不定我那生命之轨
也能铺直几重曲折！
总有一天，北京，
我会指着这铜像对你说：
这——就是我。

墓草青青，铜像灼灼。
车轮，把片刻的宁静
留给思索……   1982 年

京华入梦（5 首）完

泰山话题（5 首）

泰山，赠我一把银梭

昨晚，我们在泰山脚下投宿，
泰山，却躲进了浓浓的夜色。
找寻泰山，一双双眼睛都在搜索，
却只在天边，找到了织女的银梭……

今晚，我们在泰山顶上漫步，
天边银梭，原是这里的灯火！
许是灯光太亮了吧？头顶星辰寥落。
猛低头：山下竟是跌落的银河……

面对这人间辉煌的灯火，
我怎能不嘲笑星空的冷落——
且让泰山顶的银梭扯起我理想的金线，
好给大地织出更美的生活！

1977 年 5 月于泰山归来

举起朝阳的火炬

泰山，豪迈地举起朝阳的火炬，

顷刻,点燃了无数黑色的瞳孔……
我赞美泰山的日出奇景,
不止为山被镀亮、夜被熔化、天被烤红……
而是为唯有泰山才有幸拥有这
千万双庄严的期待的眼睛!

世界,曾有过多少次平静的日出,
只有泰山的黎明每一天都如此神圣!

当一轮如期而至的朝阳
驾天边万顷沧波隆隆启程,
日观峰上燃烧的眸子里
千万轮朝阳也在升腾——

日出,不再是地平线上遥远的憧憬,
在泰山顶,我看到了千万轮红日的诞生!

　1977 年 5 月,泰山归来;1984 年 5 月 25 日又改

斩云剑评说

扇子崖扇不走彤云,
天烛峰燃不断雨帘。

偏有青石一页嫩笋般，
也敢声称斩云剑——

未曾仵尊于极顶之上，
未曾独秀于奇峰之间。
坦然仵立，缄默无言，
稍不留心，便失之交臂擦肩……
但云被劈开、雾被挑散，
快活三里，路也被削得平坦：
可暂倚花树歇足，一借云巾揩汗，
直送你一鼓作气、举步南天……

泰山伟力不虚传：硬把山石
锻成了熠熠长剑！

纵然是青石一片
也竟有剑之豪气、剑之肝胆。
该问我堂堂男儿世上来，
可辜负几番风雨苦磨练——
魂魄所系，是华夏大地长天，
生命之剑，当为国斩尽愁烦！

1977 年 5 月，泰山归来

巨大的扇子静靠在崖边

躲不开燃烧的赤日，

甩不开焦渴的熬煎，

感叹着登攀的艰难……

忽从哪里吹来一股清爽的山风

把一身疲劳瞬间驱散——

啊，迎面是高高的扇子崖……

泰山，从何年挥起这巨大的宝扇，

扇燃了赤眉满腔的怒火，

扇落了天子头上的皇冠，

把陈旧的历史哗哗翻过，

把千载的烽烟扇得远远，

硬是从昏天黑地的乾坤里

扇出了一个风清日朗的人间！

而今，巨大的扇子静靠在崖边，

可是在等待着力举千钧的好汉……

好！那就让我借泰山之力

把你郑重地挥起来吧！

扇开那遮眼的浮云——居高临下

细认我祖国的锦绣山川！

还须扇动长风万里，

掀胸中无限波澜，

扇子崖!

请看我乘风破浪的理想之帆……

又怕消失了你的足音

——写在泰山索道旁

想问你何时起身，

想问你担子多沉，

因负重你牙关咬紧，

我怎忍声声相问?

不, 谁说你不曾赠我片语只言，

七千级石磴上

读不尽你滴汗的脚印……

我相信耳边松涛骤响

是因你踏响了天风;

眼前云海聚汇

是因你呵气为云;

连日观峰上升腾的红日

也是为迎候你的光临……

看着你沉重的担子

我不敢再怀一颗轻浮的心。

你担走了我沉甸甸的疲劳，

又留给了我沉甸甸的责任，

不然我怎会感到

肩头重量山样沉？

你远去的身影

消失在索道凌空的南天门。

我希望明日的来访者

再看不见你赤裸脊背的挑山人，

却又怕我人生的旅途上

消失了你挑山者的足音……

1982 年 7 月，又上泰山。

泰山话题（5首）完

登泰山歌

谁曾见银河潮汛黄河倾,
茫茫一线倚天流?
谁曾见南天门外乔松蠹,
苍苍万古不白头?
泰山生成廿亿年,
天工人力钟神秀。
欲穷古今千里目,
登上泰山作壮游!
怜当年太白寻仙影为伴,
喜今朝登攀挽臂多良友:
白发不叹行路难,
少年奋步争上游——
行过孔子登临处,
路途尚有十之九;
且向高处寻绝景,
仰望前途忘险陡……
迎面高高烈士碑,
九曲回肠壮潮头:
先驱舍命护名山,
人民无私添锦绣。
山随人意还青春,

人与青山同添寿。
堪喜柏洞送凉荫，
应谢松迎远伸手，
崇阶万级不足探，
十八盘上人抖擞。
回首忽惊路如绳，
举足已在"天阶"走——
齐鲁烟痕淡，
群峰巨浪收；
仙楼百变浮云海，
松涛万顷让歌喉。
探身只盼生双翼，
开襟括尽天风骤！……
凌霄才知泰山壮，
绝顶极目认神州！
庄严泰岱傲风雨，
赖有铮铮硬骨头：
纵是沧海横流日，
泰山依旧高昂首！
巍巍一柱立天东，
不为突兀众山独风流——
君不见海天接处何灿烂，
磅礴天宇喷火球！

朝阳慷慨赠奇观，

唯有泰山先领受。

居高一览天下小，

愁云再难遮心头，

玉皇顶上迎旭日，

放眼向洋看寰球！

1977年5月于泰山归来

陌生的白水江

山岩被风雨磨去棱角
如苍老的树干黯然无光
树干反被凌厉的岁月
磨砺得如同岩石模样
唯有天上的云如白绫飘舞
山上的云如柳絮飞扬
岸上的云如群羊徜徉……

于乱石之中、古木之中
有块状的江水咆哮震怒
连巨大的漩涡也是直立的
如无数幽幽的井
深凿在龟裂的土地上
定是天顶不慎爆裂
倾泻下这条白水江
来自天上的江流
不肯告别它出生的天堂
脚步因焦躁而跌跌撞撞
泪珠因伤痛而纷纷扬扬
看它耸着肩膀,前俯后仰
挣扎着仍要回到天上

而错觉只缘于我脆弱的目光
路途尽管苦难重重
白水江,不倒淌——
开拓自有痛苦的欢愉
割舍也是无言的欢畅
白水江呵,你若
不曾抛弃那宁静的自我
这张金鸡形的版图上
也许只会多一泓寂寞的湖
少一条奔腾的江
而长江,也不会这般宽广的气象

我不知江河中会有如此冷峻的色调
峡谷中会有如此恢弘的流量
定是因苦苦拼争儿过分伤了元气
我的铁灰色的白水江啊

是的,在每一个成功与博大的背后
都有着许许多多
鲜为人知的痛苦与辉煌
于是,在长江的身后
我记住了一个陌生的名字——
白水江

1986 年 6 月记于文县,1989 年 10 月又改

平武一村姑

有密密的竹叶筛满路面
有幽幽的云缕缠绕车窗
盘山公路上只有我的长途车
清晨驶到黄昏,许是唯一的一辆

单调的旅途似醒似醉
疲倦的睡眼没有风光
谁也不曾留意窗外
有过一座没有围墙的小木屋
小屋前有一张明媚的脸庞
正如栀子花默默开放

你的红发卡抓在手上
你的小木梳抓在手上
长长的秀发任性地飘动
竟不怕轮胎下尘土飞扬——
我不知你是听到马达声跑出来的
还是只为了望一眼这趟班车
已经等了很久的时光

呵,姑娘! 你在守候什么寻找什么

我只想读懂你这焦灼的渴望

这车上真有你要等待的人吗

我不是诗人,无心遐想

你在为你的心上人梳妆

我相信,对于你这只是一趟

每天如期而至的班车,只载来

一车冷漠的面孔,几缕猎奇的目光

可你,总是这样不疲倦地等着望着

直到目光被拉成长长的纤绳

晶亮晶亮……

而你的小木屋也会变成船

把你的家乡,载向远方……

让我祝福你吧,好奇而痴心的姑娘

纵然你的家乡变成一座天堂

也千万不要倦怠了

你那渴求的仁望

哦,孤独的小木屋

没有围墙

1986 年 7 月,南坪至平武路上,1989 年 10 月改毕

榴花开放如满树红烛

白公馆院内有一株石榴树,为许晓轩烈士手植……

是如火的榴花灼伤了眼睛
我分明看到了带血的泪珠……

——不再是属于哭泣的年龄
不再是需要哭泣的日子
歌乐山已习惯于往日的宁静
这哭声竟是这般突兀

——也许是对英灵的祭奠
也许是对人生的顿悟
也许是不知有花朵开放
只知这里堆满了白骨
也许这一切他都没想过
只是他种过许多心爱的花草
惟独忘了栽一株石榴……
没有人猜得出他哭泣的理由
只会想到婴儿那一声高亢的啼哭
痛苦的分娩结束了母腹中的躁动
告诉父母:我是你们的孩子

竹签子没钉出一滴眼泪

笑声倾覆了人间魔窟

地狱的毒火催发了不屈的花树

满树榴花高举着红烛

——而他竟孩子似地哭了

泪珠盈眶,如一枚流泪的石榴

榴花却不结流泪的果实

只因他长在另一棵树上

他的心中才感觉很苦

为了灵魂的新生与成熟

烈士们走时没有忘记

给后代留下这最美丽的礼物——

是在为流泪的孩子祝福吗

榴花如满树生日的蜡烛……

1983 年 9 月 30 日记于歌乐山下

西陵橘子红

绿云堆岸、金灯耀枝
正是西陵橘红时
淡淡的雾,散开浓浓的香气
一片橘林,能采千卷好诗
受命不迁,苏世独立。最动人的
当是这橘树的品质

定是曾经历太多的风雨
才酿制了这多甘美的蜜汁
定是为照亮阴晦的峡谷
才悬起这多灿烂的果实

哦,你这痛苦的宠儿
既然能让苦雨清霜结成美好的果子
为何又
生于淮北则为枳——
一副安详的仪表固然如旧
心中,却装进许多苦汁……

此刻,我的船儿正穿过密密的橘林

穿过关于屈原的遥远故事

飞快地,延着长江般漫长的人生之河

驶向命运指定的位置

自信一身汗水能浇绿荒漠

拳拳之心会感化顽石

纵然给我天涯落脚处

照样开花结实,明灿如西陵红橘

而心中也总是甘甜的滋味

别笑我过于心痴

三闾大夫重归日,或许

也会在这凝翠流金的西陵峡上

悄悄构思一首新诗

    1982 年 10 月 2 日记于西陵峡;1985 年 7 月 16 日又改

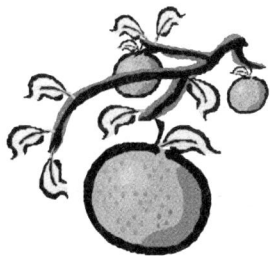

香溪怀昭君

不信你只会悲戚戚
不信你只会笑盈盈
有喜有悲、有歌有哭
才是你慷慨请嫁的汉家女儿
你不会
只有一般人间的常情

牵挂着峡江楚地的如画山水
背负着胡汉和亲的如山使命
心上肩头，谁有你负荷之重——
天下安危、人间离恨
若非你这纤柔女子一人承担，怎会是
阴山下处处青冢埋芳骨
长江上无数诗篇颂美名

哦，昭君
你这香溪的女儿，辞行时
把热泪投给凄清的流水
思念的桃花鱼从此便日夜游动
再没有惆怅过吗

当没有桃花鱼的草原
把冻碎的寒月吹进帐篷——
你的故乡
该怎样在琵琶弦上颤动
(倒是那明定陵里的朱皇帝
一辈子没出过帝京
才到死也没能弄懂
什么是离愁
枉留下一座地宫
没留住半点儿人情)

唯有最遥远的离别
才有最丰富的感情
香溪,唤起了我浓浓的乡思
也充实了我
远行者的光荣

1983.10 记于西陵峡

大宁河船歌

一

醉倒人的是宁河的山水
面对你反倒不敢陶醉

二

芭蕉叶上的峰影
凤尾竹下的涛声
世界,醉倒在宁河的画船中

三

云在水里流动
山在水里流动
或许是宁河醉倒了天上的云
醉倒了两岸的山峰……

四

百里大宁河上
多少秀峰相迎

只怨步步都是美景
反倒记不住青山的名姓——

不必笑我无名
莫论名声的轻重
我宁愿默立于奇峰的背后
去充实这画图的背景
也不愿在没有风景的地方
占据虚名,冒充一座奇峰……

五

滴翠峡深,大昌镇美
古镇是岁月珍藏的瑶琴
高峡是长江胸襟的翡翠……
而我最动心的
还是那些美妙的石子
每一颗都含满朝霞夕辉
铺一条流光溢彩的河道——
将宁河一直铺入梦境
好让思念之舟
夜夜都被船工撑回……

1988 年 11 月 10 日,巫溪

风雨过洞庭

雨织垂帘,雷敲闷鼓,
不见了岸芷汀兰洞庭湖。
惟有那篇传诵了千年的文章
凭风浪一遍遍为我掀读

或许因未尊庙堂、未隐江湖,
或许因迅疾的江轮为我另辟了思路
一篇《岳阳楼记》,洞庭湖上几诵读
才吟罢又觉不满足。

到底长江是知音,
不似进退皆忧士大夫,
千秋不语,半声宏论未倾吐,
却为千湖万流,开出一条入海的道路!

喜的是风也及时,船也坚固,
我的江轮,一座前进的岳阳楼。
我知道千古华章无须今人重复,
长江,正呼唤前无古人的抱负!

莫笑我船过洞庭无诗赋,
一篇崭新的《岳阳楼记》我已构思成熟,
一旦为长江洞庭挥写出,
定教你天下赞叹、范公折服!

    1983 年 10 月 5 日,船过城陵矶;1984 年又改

我来寻找一位律师

——写在武昌洪山施洋墓前

我是来寻找一位律师。
他属于一个风暴中的年代,
并为这风暴勇猛地辩护
——用喉咙喷发的电火,
笔端炸响的霹雳……

风暴平息为永恒的缅怀。
在那些不需要出庭的日子,
他把欢笑留给劫后飞回的黄鹤,
把赞叹让给飞架天堑的虹霓,
自己却沉思在
这片幽静的密林里。

真想在这芳草掩径的墓前
再一次举起细嫩的手臂
行一个圣洁的少先队礼。
但,毕竟已
远离了那个透明的年纪。

本是来请求辩护的:
以一个被告的身份
请求不要被遗弃——
我们属于另一场风暴,

·165·

席卷的却是自己……

不,请求辩护,也是以原告的名义!
尽管青春已被永远劫持,
顽强的生命之舟
依然载负着沉重的真理。

他温和地笑着,
仿佛是说:我在等你。
而他,并不想宽容所有的人,
他不许利用他的声望与威严
去辩解堕落与肮脏的交易!

是的,即使没有今天的见面,
我们的心也没有距离。

我想也该为他来辩护,
以律师的名义、法律的名义:
曾经属于他的那场风暴
即便沉默如眼前的雕塑,也不会
只属于回忆和节日的话题。
只因历史的法庭仍需要他的声音,
在这被熏风吹皱热雨淋湿的日子里,
我们来寻找一位律师。

1983 年 10 月 6 日记于武汉

峨眉遇猴（2 首）

对猴

沉着地稳坐于当路，
焦急地鼓嘬着腮帮。
似笑非笑的亲昵，
如疾如狂的吃相。
半是谦卑乞讨，
半是明火执仗。

不知从何年何月
仙山上添进了这风光。
该算是一桩趣事了：
纵被索尽囊中的干粮，
也能笑饱辘辘饥肠……

还是让我道一声别吧，
道一声别——
把猴群留给峨眉山，
连同对它的好感
也别再对人张扬。

幸好不是同行。想来

多亏我的祖先早已揖别了猿猴，
才没让我展览成这副
供人取笑的模样……
可总不免有点儿脸热心慌
——那峨眉山的猴子
又分明是在模仿……

猴群远去

连这群相貌寻常的猴子
也会给人以无限的乐趣——
会做鬼脸，还会作揖
灵巧的指爪会伸进你兜里
甚至要摘掉你的眼镜
甚至要夺走你的相机……
独秀天下的峨眉山
一半沾了猴子的名气

一幕多么精彩的演出
一生也不会忘记
是猴子的喜剧
也是人的悲剧
一幕无言的猴戏
诉说着人生的哲理

猴群远去了
我还站在这里
是的,该看看那群猴子中
会不会有我自己
——真怕给子孙后代
留一柄开心的话题

1983 年 9 月,记于峨眉

峨眉遇猴 (2 首) 完

张家界的迪斯科

把欢乐的风琴拉响

把嘹亮的舞步踩响

旋转起鲜红的筒裙和短衫

旋转起一群生命的太阳

古老的水杉林会习惯吗

恬静的紫草潭会习惯吗

张家界,你在最初的一瞬间

定会感到困惑和迷茫

可你惋惜被发现吗

可你悲哀被发现吗

既然你不愿永远深锁于梦境

那么,就不要拒绝青春的来访

假如古朴与混沌便是归宿

世界,又何必容忍都市的噪杂与繁忙

张家界,张开你群峰的臂膀吧

纵然狂欢的脚步令你陌生

也不会增添你的孤寂与苍凉

纵然真有几个不和谐的音符

遗落在山涧溪边

也不会使你变得都市一样忙碌、一样世故

一样华丽和充满欲望

朦胧而又明朗的张家界呵

封闭而又开放的张家界呵

看你那千百座山峰不也在旋转吗

旋转着青春的迪斯科

旋转着崭新的渴望……

　　　　　　1985 年 3 月,写于湘西的旅途中

拾捡一颗被遗落的明珠

一

不是一颗明珠被人间遗忘
张家界是为完成美的升华
甘愿长久地寂寞于深山
默默梳妆
不肯声张

二

不是神佛
不是偶像
不是打鬼的钟馗
不是占山的魔王……

不是醉酒的杨贵妃
不是放荡的武媚娘
不是纤弱的病西施
不是乖张的林姑娘

张家界的山川开朗健壮
一群天下最美的湘西女儿
深山里生，深山里长……
不依仗一切外在的装饰
不依仗碑碣的褒奖、牌匾的颂扬
张家界的美不是怯生生的

她向崭新的美学观
勇敢地灿然开放……

三

张家界的阳光
是被雾滤过的
是被雨洗过的
是被山花熏陶过的
是被林梢梳理过的

四

被地壳运动于挤压之后
被风雨切割出万壑千沟
竟亭亭如修竹
竟挺拔如高树
谁似你痛苦谁似你风流
历经了这多磨砺
群峰,偏显得这般温柔

五

不是一根定海神针、一座金鞭岩
每座山峰全都是
挥动的神针、舞起的金鞭——
针有千根,鞭有万杆
却悄悄埋没了亿万斯年
并非紧锁了千重石门万道天堑

1985 年 3 月,张家界

猛洞河上行

一

山美在年轻
水美在多情
猛洞河的山水
美在心灵的纯净

二

再分不出哪是天上的云
哪是岸上的峰
或许峰长在天上
云长在水中……

三

岸上端坐或站立着山峰
山顶歇息或缓缓行走着石头

四

矮矮的峰峦,浅浅的流水
却具备了征服世界的妩媚
多情的山水不为使我陶醉
是告诉我:不必自卑,不必自卑
美,并不只属于雄伟

1988 年 11 月 3 日,永顺

我是你的航标灯

把浅滩留给我
把暗礁留给我
为了你船上甜美的鼾声
我整夜睁大眼睛……

我是你的航标灯
钟爱你胜过自己的生命
我们永远不依偎在一起
却是世上最忠贞的爱情——

你破浪乘风
我一动不动
可你是我奔涌的激情
是我奋进的魂灵

——别惋惜我被永远固定

1983 年 10 月，长江上

江南短句（2首）

江南雪

飞在天上是雪花
落在地上便融化

飘在眉梢似柳絮
栖在枝头似琼花

是最后的一场雪飞来
是最初的一场雨落下

为冬天降下温暖的帷帐
给春天揭开洁白的窗纱……

1985年3月，枝柳线上

江南雨

也曾穿行于许多风雨
却不知风雨也多柔情
来也匆匆，去也匆匆

怎忘了带一把伞
来装点这春之梦境……

有花香悄悄袭来
有桨声缓缓摇近
有七色的太阳在伞柄上跃动
江南如画。我只是
默然遥望这雨中的风景

1992 年 4 月

江南短句（2首）完

说好了一道起程

十几年前，时任淮北矿务局矿山救护队中队长的旅行家张景陆先生长途跋涉行至海南三亚，特意从天涯海角景区给我和我的同事发来电报，致以问候……

　　可是那声天涯的问候把心越揪越紧
　　让我久已沉埋的梦想渴望成真
　　——我记得，我们说好了一道起程……

　　不是旅行家，我只是曾去旅行——
　　任烈日的火舌噬咬　从泥淖的迷阵脱身
　　在没有人烟的秦晋峡谷中惶然穿越
　　听腿骨的关节锉磨得咔咔作响
　　听惊涛的鼓声敲打脆弱的灵魂

　　这是我生命中最美好的记忆
　　它让我常常想起同行的伙伴，没有他们
　　那惊涛的鼓声也不会喧响至今
　　也让我更想念那个叫黄静泉的朋友
　　（和你一样，他也来自矿山）

想起他唱了无数遍的《矿工劝酒歌》
怎么我就学不会、谁也学不会……
想起他在黄河的浊浪里浮游潜隐
轻松得就像只得意的海豚……
走完黄河,他又飞到了海南
回来说:从天上看海,也挺开心……
而我,则汇入了都市的苍茫人海
遑遑于波峰浪谷般的滚滚红尘

可我还是宁可相信
引擎的轰鸣不同于大海的波浪
豪华的欲望替代不了黄河的歌吟

而我又迟迟不敢起程——
不是畏惧险山恶水
是因为青春已远去,开始害怕孤独
是因为那么多沉痛的愧欠,绊着脚跟……
慌乱中,还没来得及换一张地图
那么多风景也已面目全非

择一个吉日,让我们一同上路吧
趁我们还有几分气力、几分心劲、几分天真

我不在意还有多少风景在路上等待
最动人的风景，或许就是同行的旅人

也可能我们从不曾有过什么约定——
只是那声来自天涯的问候
千万遍耳边回响，像是在催我动身……

2006 年岁末，辞旧迎新之际

王硕卿诗作

WANG SHUOQING SHIZUO

心知心

人看人

花非花

山外山

王 硕 卿 诗 作

心知心

妈妈

说不尽的后悔
诉不完的自责
止不住的哭泣
撕心裂肺的哭喊声
留不住生死相依的母亲……

睁开眼就望见您的身影
睡梦中也听到您的声音
还是穿着那件老旧的衣衫
还是系着那条洗白的围裙
还是永不停息地忙碌着
从清晨忙到夜半
从夜半忙到清晨……

面容憔悴的母亲
病痛缠身的母亲
和我们说话总是那么和蔼
在我们面前总是那么开心
像漫长寒夜里那只小小的煤炉
从不曾轰轰烈烈地燃烧
也从不曾熄灭过一个时辰

一直温暖着我们的童年
一生温暖着我们的身心

是母亲啊,让我们
贫寒的生命获得了尊严
孤苦的童年感受到温馨

不,母亲是不会离去的
因为我的身体里
依然传承着母亲的血脉
我的灵魂里依然觉醒着
母亲的灵魂……

啊,母亲是永远不会离去的
只要我
想起母亲

初恋季节

不知是你的幸运
不知是我的幸运
那细细的丝弦
竟同时拨动了我们的心

是谁的手指在弦上无意间
滑过 抑或
那琴弦并没有人拨动
只是 此时无声胜有声……

刹那间热血狂奔
奇异的光芒
从胸膛一直放射到脸上
为腮边覆满红云

有人说初恋是一叶扁舟
载不动太多的真情
有人说初恋是一弯小溪
容不下太多的怨恨
有人说初恋是美丽的误会
如同天边的彩虹

有人说初恋是美丽的梦境
醒来时就会忘却

但我没有忘记那个季节
只要还记得初恋时的情景
我的心就依然年轻

邂逅

有许多东西无法分开
就像山和水
就像海和天
但我说的不是这些

我是说
总以为我们只能永远分开
想不到
默默对视的一瞬间
才发现彼此还心心相连

有许多情景难以忘怀
就像新婚喜宴
就像将军凯旋
但我说的不是这些

我是说
总以为我们早已不再思念
想不到
默默对视的一瞬间
又成为我记忆中最美的画面

有许多东西无法分开
就像初恋时我们所放弃的一切
有许多情景难以忘怀
就像那一次重逢的瞬间

瞬间

一次意外的相逢
让我的心跳骤然加快
忽然感觉
周围的一切都放慢了速度
树枝不再摇晃
车辆不再奔涌
人群不再耸动
太阳和云凝止在天心
大地一片寂静
响鼓一样捶动的
只有我的心和
你的心

我们没有说一句话
甚至连目光也不敢
盯住对方的眼睛
但那一瞬间
因为寂静
因为时间已经凝固
竟仿佛过了很久 长久得

像我们的初恋时节
像我们别后的日子
像我们的整个人生

不知何时
时间之河复又流动
我们擦肩而过
甚至没有说一声再见
只要狂跳的心
见证着那个瞬间——
你的心跳声
我已听见
我的心跳声也定然
被你听见

1981 年

思念

缤纷的白昼 一步步

顺着窗口退回到了

山的背后

夜的大幕还未拉开

孤独的月色已经涌来

像昨天,像那年

像我们不在一起时的

所有日子

伫立窗前会想起你

想起你此时也伫立在窗前

独坐床边会想起你

想起你此时也独坐床边

品一杯明前新茶

品不出其中滋味

它不是你手中的那一杯

望一眼中天明月

望不见嫦娥玉桂

它不是家中的你一轮

无论离别多么短暂

每一天都像是漫长无边

无论外面多么喧闹

最真切的体验就是孤单

我们在一起

平淡的日子流光溢彩

我们离别后

精彩的世界显得暗淡

你想得出

那是一种怎样的感觉

1981 年

无题（2首）

之一

在春风得意的日子里
我偷偷看你一眼
我看不到春风满面
在举步艰难的岁月中
你默默看我一眼
我顿觉阳光灿烂

苦难中是你在受难
而不是我
幸福中是我去享福
而不是你

像江上的那条船
你是看不见的风
我是看得见的帆
无论顺流逆流

像天上的那轮月
你留在阴影部分

才使我显得光彩
无论月圆月缺
我的苦就是你的苦
我的甜不是你的甜
我的缺点不是你的缺点
我的得到就是你的奉献

离开你我就一无所有
有了你我就拥有了一切
我知道
没有一枚军功章是授予我的
所以 我不能说
有你一半 有我一半

之二

你会突然而至吗
门环叩碰着痴情的视线
在这清冷的房间里
在这思念的渡口边……

我还在倚门相望
任期待蚕食时间

总感觉你就要到来
却总是风叩门环

眼睛，真是心灵的窗户吗
那么，就让我的心灵之窗
永远为你打开——
你会发现
我的眼中总是波动着
你眼中的秋水
我的心中总是翻滚着
你心中的波澜

风已不再叩响门环
漂泊的人生离渡口越来越远
思念的门，却依旧
关了又开
开了又关

如果岁月因你而染上了白发
那也是我
用漫天纷飞的白云
送给你的信笺

1986 年

无题（2 首）完

看不见的脚印

日复一天
你仿佛永远不知疲惫

重复着的每一天
都是新的爱情故事
令我陶醉 动我心弦
让我百读不厌

急匆匆的脚步
永远也不知道疲倦
从黎明到夜晚
从厂区到校园
从菜店到煤站
从餐桌到灶间
从雨天到雪天
从青春到中年

从逆境中走过的脚步
把坎坷踏成平坦
从艰辛中走来的脚步
把痛苦变成笑谈

看不见的脚印是一行行诗
长长短短的诗句写满了爱
日落日出像无数个起承转合
我们的每一天都是最美的诗篇

我被妻子打扮起来

这件高级衬衣一定很贵

这身毛料西装一定很贵

这条真丝领带一定很贵

好大方的妻

为了把我打扮起来

竟然这么舍得破费

这件高级衬衫一定很美

这身毛料西装一定很美

这双进口皮鞋一定很美

镜子里的我

好像一下子年轻了十岁

竟如此风度翩翩

但又怎能让我心安

含辛茹苦的妻呵

省吃俭用的妻呵

你身上的衣衫

又有哪一件

是我亲手为你挑选

又有哪一件
称得上时尚和名牌……

妻的眼里泪光莹莹
穿上好衣裳的我
让她开心

我的眼里涌出泪水
没有好衣裳的妻
比谁都美……

1985 年

挽臂而行

挽起手臂

相拥而行

就像身旁走过的

每一对恋人

就像我们自己

还很年轻

但我们年轻时

可不是这么浪漫

走在街头巷尾

两个人总是离得很远

就像素不相识的路人

坐在电影院里

谁也没碰过谁一下

就像认真听课的学生

那时我们更不敢

说出那个爱字

只知道那个神圣的字眼

只属于信仰和领袖

我们不敢留给自己

而今 我们也学着挽起手臂

不能等到黄昏来临

因为那只是相互搀扶着

走向人生的尽头

到那时

就太晚了

我们的手臂紧挽在一起

走在路旁的林荫下

走在广场的喷泉边

走在公园的花丛里

让年轻人看到我们

因此而想到他们的未来

让老年人看到我们

因此而追忆他们的昨天

让同龄人看到我们

因此拨动心中的涟漪

让我们自己看到自己

原来还是那么年轻……

1985 年

爱赶时髦的妻子

爱赶时髦的妻子
具有非凡的鉴赏力
每一套模特装她都给打分
就像时装大赛上的那些评委

爱赶时髦的妻子
具有非凡的判断力
每年的流行色她都能预见
就像一言九鼎的服装大师

可是妻子的行动却跟不上趟
她的见解永远只停留在嘴上
她的衣服上没有流行色
她的衣橱里没有好衣裳

她把对于时装的独特感受
为我们的餐桌添了许多丰盛的话题
让匆匆流逝的光阴
青春长在

想赶时髦的妻子
没有一身时髦的衣裳
她只是在吃苦的时候
才赶在最前面

走出家门时又回过头去

走出家门时又回过头去
回过头去看一眼我的她
回过头去看一眼我的家

看看家里的绿色窗帘
看看家里的红色沙发
看看家里的锅碗瓢盆
看看家里的坛坛罐罐
把家里的一切都再看一眼
上路时
就带走了家中的一切
就带上了她

看看家里的绿色窗帘
那是无数个温馨的夜晚
看看家里的红色地毯
那是多少次无眠的思念
看看家里的锅碗瓢盆
那是能变出满桌美味的魔盒
看看家里的坛坛罐罐

那是从含辛茹苦中走来的日子
因为有了她
我才有了这个家
才感到了家的魅力

走出家门时再回过头去
回过头去再看一眼我的她
回过头去再看一眼我的家
在阴晴雨雪中的每一天
在匆匆来去中的每一天
无论是在离别的那一刻
无论是在团聚的日子里……

1995 年 9 月于陵川县城

妻子的叮咛

妻子的叮咛
是余音袅袅的歌声
从离别的那一刻开始
就一直萦绕在我的梦中

妻子的叮咛
是响在路边的泉声
无论多么艰辛的跋涉
都是一路风景

妻子的叮咛
是远方传来的驼铃
在最感到孤单的时候
让心充满感动

妻子的叮咛
就是她心脏跳动的声音
只有用心去倾听
才能听得真真

妻子的叮咛

是最平淡的语言

没有一丁点诗情画意

却比一切语言更动听

妻子的叮咛

是最单调的重复

从千百年前重复到今天

为了她们最爱的人

1995 年于晋城凤凰山

没有说出那个字

我们至今没说出那个字
只是在遐想中期待着那一刻

我们至今没有说出那个字
只遐想过那一刻会怎样来临

我们至今没有说出那个字
只在心中早已重复了千次万次

我们至今都没有说出那个字
但那个字却照耀着我们的人生

也许,那个字我们一生都说不出口
只想用整个生命去验证

悔

她走了
只留下那一行行清亮的足音
叩我心扉
只留下那一串串悦耳的笑语
在我梦里

那时,我们真年轻啊
年轻得
以为所有鲜花都是为我们盛开
以为世界上最美丽的爱情
只属于同桌的你……

可是她走了
在一个牡丹盛开的季节
我竟只能用荒坡野兰花
去点缀她青草织成的嫁衣
本该男子汉用坚实的身躯
护卫的柔弱女子啊
永远孤寂地留在了那里
伴月圆月缺

任草黄草绿……

而我,只能在梦里
把这颗残损的心
一次次撕开
为那座再也找不到的坟茔
掬一抔血泥……

1995 年 5 月

人看人

在路上

走在这路上
不要问归期何在
不要想家在哪里

丢了的、拣到的
都是奶奶手中的簸箕
永远簸不完的
陈年的芝麻和谷粒
听到的、见到的
都是爷爷手中的烟斗
永远散不去的
浓重的烟雾和叹息

早已熟悉了的面孔
居然会变得
那么可疑
终生感动了你的
却是一次
意外的相遇

在远离家园的路上
永不回头地继续前行
在你的身后
永不回头的还有
酸甜甜麻辣辣的
精彩人生

欲望

是什么使我们放弃了
最初的承诺
任人生的轨迹改弦易辙

走进去走进去走进去
一切都像是自然而然
那巨大的引力无法挣脱

忘情地走进去
怅惘地走出来
走进去的明明是自己
走出来的却不知是谁

一代又一代人的悲哀
不知道为何总是被重复
连我们的孩子也不例外
只是不知道
是他们模仿了我们的样子
还是
我们在暗中指使着他们

但愿一切到此而止

但愿孩子们的孩子
不再从这人生的圈套中
出出进进
但愿孩子们的孩子
能够活得
比我们明白

岁月**记已**

[王硕卿诗作]

我们的模样

我们的模样依然如故

脑袋还是长在肩上
牵挂还是装在心里

只要还想着
去寻找一种新鲜的感觉
不管生活多么乏味
我们的心也不疲惫

不悔

半生低头紧跑
却不知 该走的路
是哪一条
而今已经跑不动了
可还是想跑

为抹平额顶的皱纹
为拽回青春的尾巴
为报复岁月的掠夺
为忘却心头的烦恼
我们也要
赶一回时髦

去买化妆品
去洗海水澡
去跳迪斯科
去练健美操
去参加化妆舞会
去品味韩国烧烤
去当一回冒傻气的球迷

涂一脸油彩大声嚎叫

让年轻人笑话我们去吧
笑我们发神经
笑我们出洋相
笑我们舞姿笨拙
笑我们唱歌跑调　笑我们
不伦不类　没老没小

这又算得了什么呢
在人生命的自习课上
我们也补上了几堂
失学时拉下的功课
就算是
没有考好……

想象失明

我知道没有一种语言
能够排解你的痛苦

或许只有大哭一场
才能表白我的心迹
但我知道你不需要
同情的泪水

或许只有失明一次
才能找到你的感觉
但我知道你不愿意
再多一个失明的人

也许见过光明之后的失明
承受的痛苦会少一些
至少可以在无边的黑夜里
去回忆曾经熟识的世界
不像从一生下来
就看不见天空、大海、朝霞和月色
连梦境都无法色彩明丽

但我还没有勇气去面对
失去光明的时刻会突然到来
哪怕是短短的一年或一天
就像我不敢
在黑暗里度过一生
我更不敢
从光明中走向黑暗

每到这时我才懂得
拥有一双看到世界的眼睛
该是一件多么幸福的事情

所以,我要勇敢地面对一切
让它尽情地享受光明
也让人世间丑陋的一切
都无法逃脱这双眼睛

幻想

你飞走的时候
恬静的日子变得沉闷
你飞来的时候
艰辛的岁月流光溢彩

矜持的你一旦飞走
就迟迟不肯回归
沉默的你悄悄飞来
又总是悄悄离开

你是一只苍鹰么
要找到你
就必须仰望蓝天
你是一只海燕么
要看到你
就必须走向大海

寻找你的时候就会找到你
找到你的时候又看不到你
你不在成功者的背后
也不在失败者的面前
也许你从来就不存在
但我会永远对你深怀感激

梦

是思绪的轴线上
一只飘忽不定的风筝
有时飞得很高
有时飞不起来

飞得再高
也不要得意
飞得再低
也不要失望
就是断了线也不必伤心
不要让一场短暂的噩梦
坏了明天的心情

所幸明天是真实的拥有
去买一只轻盈的风筝
向天空放飞
像鹤发童颜的老人
像无忧无虑的孩子
像少年时代的自己

让梦中的风筝
飞向真实的天空
就是线儿断了
也算飞了一回

老照片

时光皴裂了陈旧的昔日
老照片布满细碎的裂纹
缠绕在记忆的藤蔓中
遗落在岁月的网线里

翻出老照片
早已被模糊了的一切竟如此清晰

对于老照片的怀念
是因为我们现在觉得不太开心

我们的日子五彩斑斓
但不知道为什么
却总会怀念那些早已退色的老照片
总是怀念那色彩单调的日子

2010 年

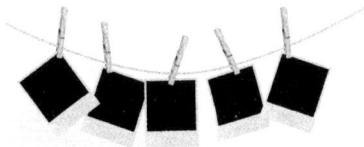

【王硕卿诗作】

诱惑

那目光妖媚无比
那声音柔润欲滴
那牵衣拽袖的纤指
玲珑如玉
那怪异的举止
让人厌恶
也让人好奇……

走过去吗
只要走过去　甚至
只要停下来　像那些
有钱或者没钱的男人那样
很洒脱或很吝啬地掏出一张
崭新或者残破的纸币
就能立即揭开那
藏在夜色中的谜底

这很容易
但我不肯

不光是因为没有勇气
更是因为
我好奇的心
也有洁癖

2000 年于澳门酒店

孩子，离开这里

离开这里，我的孩子
这不是你该呆的地方
你看看这里的空气多么污浊
这里的杯盘多么凌乱
这里的嘴脸多么丑恶

离开这里，我的孩子
不要把笑声留在这里
不要把纯真留在这里
不要把青春留在这里
你所拥有的一切
再高的酬金也不能出卖 何况
他们是那么的贪婪又那么吝啬
总是用最轻浮的付出
换取你最珍贵的一切……

是的，我也不该坐在这里
不该陪伴着他们在这里大吃二喝
但我从心里厌恶他们 就像
我也从心里厌恶自己

这是我无奈的选择啊 孩子

世界上的许多事情　现在
你还不懂　但请你接受
我的劝告　离开这里

你的书包到那里去了
你的随身听到那里去了
你的电子词典到那里去了
那些才是属于你的，我的孩子

你的同学和老师在等着你
你的父亲和母亲在等着你
你的未来在等着你
你的世界在等着你啊

这一瞬间，
我忽然感到心痛欲裂
我心疼你
就像心疼我的女儿

2003 年

笼中画眉

在远离草原的都市里
你的歌声依然动听

但没有谁知道你想些什么
没有谁关心你来自哪里
没有谁想到
你有没有心事
是不是快乐

你用美妙的歌喉
为一生寂寞的主人
赢得了围观者的声声喝彩
赢得了很大的面子　让主人
惊喜得受宠若惊
兴奋得不知所措
可我分明感到
你甜腻的歌声
有些做作

你是主人欢乐的源泉
你是主人炫耀的资本

你的歌声 让主人
沉重的晚年有滋有味
但我知道
在那个精美的鸟笼里
你 并不开心

那只八哥

那只八哥永远快乐
从早到晚笑个不停
它让人们都很开心
人们说它最通人性

我不像八哥那样乖巧
八哥的本事我学不来
一想到还不如八哥会讨人喜欢
我又感到有些悲哀

我不是八哥
不可能快乐得像八哥一样
我不是八哥
也不知道八哥是不是
真的快乐

黄昏的等待

在每一个黄昏　不论
寒冬炎夏　风里雨里
就像早就约好了一样
我们总是一同把街门打开
在混沌的市声中翘首伫立
期待着那支轻快的曲子
从远处传来　像期待着
一曲美妙的仙乐

每一天
我们都在
制造着垃圾　却害怕
和自己制造的垃圾
生活在一起

在每一个黄昏时分
我们都期待着那支美丽的乐曲
在那个时辰
把垃圾尽快倒掉
就成为我们最重要的事情
而在更多的时间里

我们只是忙于制造垃圾
从不会想起垃圾车
和它的主人

越来越多的垃圾
让我们的城市不堪重负
我们却对此浑然不觉
因为我们的庭院和房间
依然洁净如洗
因为黄昏的垃圾车
依然演奏着那支
轻松欢快的乐曲

我被那支乐曲深深地感动了
在乐曲中　我第一次
为自己竟制造了这么多的垃圾
深感愧悔　我还想
在今后每一天的这个时刻
都能认真地清理一下
自己那凌乱而繁杂的
生活与思绪

救护车

尖利的鸣笛声恍如警钟，
闪动的红十字恍如号令：
在拥堵的道路上疾速穿行，
与死神去争夺每一秒钟!

因为有了你，
人间才留住了更多的亲情；
因为有了你，
生命才赢回了更多的时空。

救护车来了，
拥堵的城市变得畅通!
这一刻我才突然发现
汹涌的车流也有感情……

原来我们的救护车
也是一位高明的医生——
能医治道路的肠梗阻，
能医治城市的冷漠症……

2015 年

吹鼓手

塞上三月,到大同县冀家庄下乡,见吹鼓手送丧。当地旧时曾流传着这样的民谣:"鼓匠鼓匠真时败,大门以里二门外,咋好正房你不进,鼓起苦腮憋足气,吹的吹的没后代。"

一声长调
千年前流传着的茫音
便又爬上了九重天
唢呐声中走出了
一条摇摇晃晃的小道
生动得让人心酸

坡上炊烟
崖下流泉
田里的耧耙
树下的石碾
逝者,默默无闻的一生
也像这一切一样平凡
而这平凡的一切
从此也将与逝者无关
所以,这人生的最后一程

不可怠慢

看惯了生离死别
阅尽了人情冷暖
受尽了冷嘲热讽
尝尽了苦辣辛酸
每一次忘情的吹奏
都是对生死的一次体验
却又永远
入不了大雅之堂
登不上风光的台面

唢呐是唯一的拥有，
吹鼓手,总是以最谦卑的姿态
把那些卑微的生命
托上云端
让每一个卑微的逝者
都走得轰轰烈烈

在空旷的山野间
唢呐声还在久久回旋……

1994 年 5 月,于大同县

酒宴

咕嘟嘟的泡沫溢满餐桌，
骨碌碌的空瓶滚到墙角，
燕窝、鱼翅、鸭掌、凤爪，
鲁菜、粤菜、火锅、烧烤……

天南地北的菜肴早尝遍了，
吃什么也吃不出个味道……

勾肩搭背，摇头晃脑，
还是酒精的魅力最微妙，
哥们儿、兄弟、干爹、亲嫂……
怎么叫着亲热就怎么叫；
友情、恋情、一奶同胞……
所有情感都在快速发酵。

想吹牛的吹牛，
想讨好的讨好，
想发疯的发疯，
想撒娇的撒娇……
激情燃烧着杯光碟影，

也得跟大伙儿凑凑热闹：

丹田里发出阵阵喧嚣，

乱蹦的音符捏不成曲调，

自己听着都像是狼嚎，

没想到居然满堂叫好……

有人早已被撂倒，

有人精神头儿更高，

没醉的总在喊喝醉了，

喝醉的永远说没喝好，

要不是明天还得听汇报，

真想陪各位喝个通宵……

酒足饭饱,睡个好觉，

太阳出来时

酒劲儿也就过去了。

还好,走出家门的时候，

秘书写好的讲话稿

没忘了塞进公文包……

1995 年 2 月 16 日

垂钓者

凝神于平静的湖面
岩缝似的眼睛波光闪闪

一线思维竖立起自己的空间
如同与世界久已隔绝

无须讲究,没有标准
只要上钩,全部喜爱

拖也拖不走
拉也拉不开

心潮于宁静中剧烈起伏
焦急地等待,长久地等待

而欲望是永远钓不完的……

有那么一个人

有那么一个人
做出各种各样的面孔
哪一种能打动人
就使用哪一种

用一年的积蓄
去筹备一次隆重的舞会
她说：值得
因为我能和总裁的小舅子
跳个舞

用一生的聪明
去修补家族遥远的光荣
她说：值得
她说：假如我是宣统
怎会被赶出皇宫

尽管闪光的东西
也许真是金子
可是生活中的金子
总是少于黄铜

酒

你是一支神奇的魔笛
吹出了多少动人的乐曲

你是一面奇幻的魔镜
变出了一片洞天福地

你是一只古老的魔瓶
浓缩了人类的七情六欲

你是一柄神秘无形的魔杖
破解了人生的无数谜题……

王 硕 卿 诗 作

花非花

兰花

美丽的兰花
刚刚绽放
氤氲的香气中
晦暗的心房已溢彩流光

焦躁与怅惘同时消退
纷杂的思绪不再疯长
白蝴蝶一般的兰呵
在灵魂的枝头款款飞翔

顺着兰花之蕊
一直走入深深的幽谷
走入喧闹的市声
难以企及的地方

兰花注定会很快凋落
而人生的花期
或许会变得更长更长……

1994 年

荷

不为一篇传世文章
你才出于污泥而不染
不为一支生花妙笔
你才玉立于荷叶田田

不论花期怎样短暂
总有一种非凡的娇艳
不论立足怎样艰难
总是一片灿烂的笑靥

纵然花朵被急雨切碎
还有荷叶一碧连天
纵然莲叶被秋风揉烂
还有莲子颗颗饱满

从泥泞中毅然举步
从浊水中奋力攀援
只为把生命的本色
原原本本昭示于世间

1994 年

玫瑰

在芒刺的环护下
开绽出最热烈的颜色
在芒刺的环护下
散放出最迷人的芬芳

让人生出许多遐想
让人生出许多惆怅
面对你花朵的云霞
欣喜中不敢有
些许轻狂

带刺的玫瑰
护卫着自己的芬芳
把美丽与尊严凝为一体
让贪婪的欲望不敢嚣张
长久而灿烂的花期
只留给
深情而纯洁的
目光……

1994 年

紫藤

没有雍容的体态
没有堂皇的伞盖
从出生那一天开始
生命的路
就注定这样曲曲弯弯

这真是生命的奇迹啊
不管绳索般的藤蔓怎样纠缠
年年岁岁
沉甸甸的紫藤花
总要开成一片云海……

于是,紫藤花开的时节
人间也增添了几分浪漫——

恋人们定是在思考
两个人的一生该怎样相依相伴
老人们定是在回味
曲折中走过的人生多么灿烂……
孩子们也认识紫藤花了
他们刚刚了解
树的人生竟是千姿百态

让诗人们也来这儿写诗吧
血红的紫藤花
就是人间最动人的诗篇

紫藤花开的时节啊
人间也绽放了最美的容颜……

无花果

不是羞于怕被人品头论足
你才躲避开热闹的场面
不是厌倦于争香斗艳
你才错过了开花的季节

你不曾炫耀过艳丽的花朵
却同样结出了成熟的果实

在没有人留意到你时
你已经悄悄地开放过了

你只是想告诉这个世界
生命的意义在于结出果实
不炫耀美丽的花朵
同样也是一种美丽

梅

梅的心中一片皎洁

不要以为你偏爱严寒
所有的花都盼望开放在春天
你只是不想
在苦苦的等待中熬度岁月
才索性冒着严寒
在冰雪里盛开

你的心中一定也有许多遗憾
但是既然已经开过了
就不再后悔

不必告诉你春天有多么温暖
但你知道
那些日子已经不再属于你了

没有谁知道你心里是怎样想的
但我相信
在寂寞的冬夜
你也会感到心寒
不然,你的花朵为何也冷得像
一片片冰雪

为了把短暂的春天留给同伴
你才把自己留在了冬天

泪花

无数匆急的脚步

在长久的忙碌中穿行

星光月色　连同

绚烂的霞辉　都淹没于

喧闹而雕琢的

灯影

高楼下的幼树更显低矮

市声中的鸟儿已倦惰于啼鸣

唯有细碎的蝴蝶

依然欢快　款款

飞舞于　路边的花丛

蝴蝶啊,你是来自

遥远的山中　还是

来自我遥远的梦境

在弥漫着香水味道的

都市里　我听到

原野的风

在蝶翅上流动

小小的蝴蝶越飞越远
我的心却再也
无法平静

是什么突然打湿了
我的眼睛
泪珠,这童心浇灌的
花朵 悄然绽放于
我木然的面孔

不要笑我过于多情
在人情淡薄的都市里
泪花是一种 最迷人的
风景

1994 年

雨花

省略了所有生长过程
仿佛生来就是这样
落地便会生根
瞬间灿然怒放

从天空降落的雨呵
定然已厌倦了无花的虚空
定然已疲惫于无根的飘荡
或许这是唯一的选择——
是花朵就应开放在地上

那细碎的花朵是如此晶莹
不搀杂些许世俗的惆怅
那柔嫩的花瓣是如此清凉
不隐含一丝狂热的梦想
当你开放时
情感便不再粗砺
生命便不再枯涩
欲望便不再疯长

雨以最平淡的方式 注释

另一种形式的娇艳
另一种形式的芬芳 以及
人生的喜悦和忧伤
从一个无法企及的高度
给世人留下许多
深思与联想……

1994 年

雪花

在无花的季节里
神奇的花朵自天而降

冰冷的花朵
炽热的情肠
以绝对公平的方式
开放于都市与荒野
开放于长街与陋巷
为每个人
注释喜悦与忧伤

在无花的季节里
我嗅到了你无味的芳香

浪花（2 首）

之一

繁星一般照耀着海
藤蔓一般缠绕着海

不惜被风雨撞碎
不惜被狂涛掩埋……
或许正是海的动荡不安
才使你有了自己的位置

浪花，你以花朵的姿态
开放在花朵无法开放的地方
纯洁而短暂的生命
只为证实海的存在

之二

波涛是海的呼吸
那么有力
那么自信

面对大海

我们显得多么渺小

我们的呼吸显得

多么局促

多么微弱

而我们的欲望竟又是

那么强烈

强烈得连自己也说不清

到底想要得到什么

我们的心里装得下海么？

我们的心里装得下天么？

我们的心胸太狭小呵

装不下海装不下天

甚至装不下

一片礁岩

一朵浪花

连大海的呼吸

也装不到心里去

却早已累得

气喘吁吁

在海的眼里

气喘吁吁的我们

多么委琐

多么滑稽

而海的呼吸还是那么均匀

波涛中飞溅的浪花

永远开心

1994 年

浪花（2 首）完

石花

有一种岩石也会开放

它不会变成飞沙走石
在西风里到处流浪
它不会变成浊尘浮土
在车轮下四处飞扬

只有最干净的石头
才会被溶解
被溶解于纯洁的水
在水的抚爱中
让生命的历程重新开始
脱胎换骨一般

在眼光永远照耀不到的地方
开放成最美丽的花朵
与地面上的鲜花
争奇斗艳

谁能想到呵
那开放得最长久的花朵
竟生长在
阳光无法照到的地方

只要心中还有梦想
生命的花朵总会开放
就是石头
也不例外

盆景

岩松摆在庭院中
超凡脱俗的气质
真好
榕树栽在玉盆里
古色古香的感觉
真好

可是岩松的心情一点也不好
它只是怀念山里的日子
哪怕枝桠被狂风折断
哪怕躯干被寒冬冻裂

可是榕树的心情一点也不好
它只是怀念在江边的日子
哪怕涛声整夜喧响
哪怕鸭鹅整日吵闹

它们不喜欢呆在这里
就像鱼不喜欢离开水
哪怕你用金钩垂钓
它们不喜欢呆在这里

就像鹰不喜欢离开大山
哪怕你用金屋做巢

只是岩松的心事
人们一点也没想到
只是榕树的痛苦
人们感到无法理解

可这并不是人们的过错呵
怪只怪这些幸运的植物
个性太强　想法太多
辜负了主人的精心雕凿
也给自己增添了许多
无端的苦恼……

死去的树

在荒凉的深山里
在陡峭的悬崖上
一株枯死的树
立在那里
不肯倒下

也许终有一天
它将倒在夏日的雷暴中
倒在冬天的风雪里
倒在樵夫的利斧下
但至少在今天
它还没有倒下去

树的躯干没有倒下
是因为它舍不得离开大山
大山也舍不得离开它

树也知道
就是躯干也倒下了
岩缝里还有自己的根
那是树的美好记忆
那是山的一片绿荫
树忘不了
山看得清……

王 硕 卿 诗 作

山外山

暴风雨

响晴的天
一瞬间黑成锅底
将密集的雨
化作无数钢针……

偏赶上今天没有带伞
不是忘了带
是出门时看天
天上万里无云

像每次一样
你又是想来就来
让我们惊慌失措
还没找到躲避的地方
就被淋得精湿
让呼风唤雨的气象台
一下子没了面子
变得一点也不自信

这不是烦躁中期盼的那场雨

这不是郁闷在渴望的那场雨
这不是寂寞中怀念的那场雨
这不是喜悦中想象的那场雨
你这天庭中的不速之客
为何总是不请自来

不请自来的暴风雨
其实一点也不严厉
他只是想用另一种方式
让我们居安思危
让我们不要轻信
让我们看到晴朗的日子也会有
无法预测的风风雨雨
让我们懂得更珍惜每一个
晴空丽日的好天气

神色威严的暴风雨
其实是我们的好老师

雾的意象

大地是一只灶台
添进去柴草太湿
不然怎么会
冒出如此大的烟气
迷得人睁不开眼睛
呛得人喘不过气

幸好还有块名叫太阳的好炭
投进灶膛里一点就燃
红红的太阳火一团
驱散漫天大雾
照得霞光满天

观赏石

当山里的石头不再属于山时
石头的根系就切断了
石头就成了流浪的石头
当水中的石头离开水时
石头的血液就凝固了

石头有了好价钱
但也失去一切
多少钱也无法再买回来
石头从此找到了一个高雅的柜厨
却永远失去了生命的家园

石头的身价一下子高出了许多
不过那是在主人的眼里
而石头却从此失去了山、失去了海
失去了它所热爱的那一切

海岛

海岛的目光
总是遥望着远方的岸
千年万载
万载千年

孤零零的小岛
在无垠的海上
是一片孤零零的帆
潮对它说：你靠不了岸
浪对它说：你靠不了岸

只是海岛的信念
从不改变　它深信
喧嚣的潮终会退却
浅薄的浪终会退却
无垠的大海终要
变成桑田

那时的小岛
就会是大地上的
一座山

潮声

潮声如诉
是恋爱时妻子的悄悄话
一次次让我如醉如痴
我知道潮声在诉说着什么
但我什么也不说

潮声如歌
是童年里母亲的摇篮曲
一次次让我热泪沾衣
我知道潮声在吟唱着什么
但我什么也不说

潮声就是潮声
那是大海的脉搏在不停地跳动
我知道潮声在呼唤着什么
但我什么也不说

我什么也不说
只用感动来答谢潮声
我什么也不说
为了让大海听到我的心音

冬日里

远山清冷孤寂
鸟儿不知何去

树们用光秃秃的枝条
搜罗着自己繁茂的记忆

厚厚的冰层下
懒惰的河水已不肯流动

只有风总算找到了机会
用扯破的嗓门吹嘘着自己

太阳却早已习惯了这一切
仍然深情地照耀着大地

它知道　只要自己坚持不懈
再寒冷的冬天也会退却

冬日的阳光虽已不再热烈
却永远是冬日里最美的话题

月光

月亮,这是个活泼好动的少女
连约会的时候也不安静一会儿
是在跟谁捉迷藏呢
一会儿躲在山后,一会儿躲在云里

呀,猜错了、猜错了
原来不是在捉迷藏
是躲进夜色的帷幕后边
跟恋人耍了点儿小脾气……

转眼,她又变得如此娴静
纱巾掩面,云带摇曳
让所有赏月的人
都猜不出谁是她的意中人

幸好猜不出是谁
才使得古往今来
那么多自作多情的诗人
想入非非,意乱情迷

此刻,把月光拥入怀中
我也忽然快乐起来了
甚至,忍不住还写了几行
关于月光的诗句

夜的峡谷

夜色的洪水
从头顶上漫过
夜的峡谷
深不可探

被黑暗凝固的石头
原本不是一个来路
却一同布置下凶险陷阱
怒目相视的危岩
也在黑暗中
做出亲昵的姿态
一个劲儿的勾背搭肩……

在夜的峡谷中
孤独的夜行者
是如此渺小
如此孤单
如此胆颤心寒

好在还有风雨同行
好在还有雷电作伴

好在还有明日的日程表
给足掌规定了赶路的时间……

就让夜色的洪水从头顶漫过吧
你看
在黎明的峡口外
太阳的金马车
正在迎接夜行者的凯旋

隧道

桥梁是江河的项链
车站是城市的皇冠
而隧道，却总是栖身在大山深处
不到列车通过的那一刻
没有人想到它的存在

从来没见过星辰日月
永远看不到外面的山川
隧道的落脚点
总是离繁华很远很远
隧道的肩膀上
总是压着沉重的大山

漫长的旅途让人感到疲惫
太多的隧道让人感到厌烦
也许并没有人在意
在没有列车通过的时候
隧道是怎样忍受寂寞的熬煎
在那些那些开凿隧道的日子
多少人曾在这里流血流汗
更没有人想过

隧道的心中

是不是也装满了苦辣酸甜

会不会也感知人情冷暖

而隧道永远默默无言

每天迎送着天南海北的匆匆过客

从凌晨,到夜半

从酷暑,到严寒

从建成之日,到报废的那天……

一生,不知疲倦,决不抱怨——

它们知道:自己唯一的使命

就是把

空间的距离、人间的距离

缩短

再缩短……

风景之外的风景

浪漫背后的浪漫

隧道最大的特点是

让人看不见……

1990 年 3 月,大凉山中

古井

焦黄的苍苔像一块块
难看的牛皮癣
多少代人曾来此凭吊
却没有一只潮湿的脚印
引导着我走近
关于水的联想……

古井早已干涸
再也汲不出一滴水来
难怪徘徊良久
竟想象不出
浣纱女的窈窕身影
小学童的天真模样
灌园叟的笑声朗朗
更想象不出
千百年来曾有过多少
风尘仆仆的旅人
曾在此开怀畅饮
畅饮甜如甘露的水
或近旁酒肆里沽来的

玉液琼浆

面对古井
我没有发思古之幽情
却还是想了许多许多
想到我们缺水的城市
想到我们缺水的村庄
想到缺水的大江大河
裸露出不该裸露的河床
想到地下水位正年年下降
在我们看不见的地方

在幽深的古井旁
我忽然感到一阵恐慌
千百年后
我们又能留下些什么呢
也许连干涸的古井也没有
只有干涸的大河长江?

不敢再想
不敢再想……

清西陵神道

漫漫青石路
可是为
通往另一个世界而修
人间的财富舍不得撒手
能带走的宝物都要带走

漫漫青石路
可是为
通往另一座皇宫而修
一生的奢华还没有享够
死了还想更好地享受

漫漫青石路
可是为
通往另一座神殿而修
天子的尊荣何等显赫
出壳的亡灵也不肯寂寞

漫漫青石路
其实只是为游人而修
走在光洁的青石路上
游人的鞋子
一点也没有沾上泥土

明定陵地宫

我打量着这座神秘的宫殿
用一双好奇的眼睛
人间的一切这里都有
却只为了供奉一具僵尸
让一个亡灵享用

我又一遍打量这座地宫
不再用一双好奇的眼睛

十三座皇陵的地宫
只打开了这么一座
就让人眼界大开

那段早已被埋葬了的历史
就让它永远被埋葬吧
那些发霉的气味
没有带给我一点愉快的感觉

走出地宫我才发觉
山林里的空气竟是如此清新

但过了很久好久

那地宫里的情景

还会偶尔浮现在眼前

我很后悔 我为什么要用

一张昂贵的门票

去买回那么多不愉快的感觉

更盼望所以尚未打开的地宫

永远也不再打开

静静的邛海

水色比天光更蓝，
春风伴水鸟飞翔
一半是江南美景，
一半是北国风光

岸边早已百花怒放，
但江南的水，不似这里清粼粼；
远山依旧裹着银装，
但北国的风，不似这里暖洋洋

背倚群峰，怀抱西昌，
宏伟的航天城遥遥相望，
邛海，真是上天的恩赐吗？
大凉山中，竟藏着一片海洋！

此刻的邛海像一面明镜，
静得连船儿也不忍划桨……
而我的心中却
突然翻起了一层层波浪：

邛海邛海！你真像

来自天南海北的航天人呀！

心灵像春天一样美丽

胸襟像天地一样宽广

事业像日月一样辉煌……

却甘愿隐身在这深深的大山中，

永不炫耀、永不声张……

邛海的美丽，终生难忘，

邛海的情思，地久天长！

邛海归来有话讲：

我又认识了一片海洋！

金沙江的石头

没有硝烟
没有炮火
有的只是
那激情澎湃的江水
久久地久久地拥抱抚摸
一千次、一万次

就这样
从万丈悬崖上
轰然坠落的滚石呵
眼前的你
让我们再也想象不出
当初的曾是怎样
撕心裂肺　伤痕累累……

美似珠玉的卵石
光彩夺目的卵石
我相信
在永不凋谢的浪花下
每一颗美丽的石子
都有一个
无比曲折的动人故事

保山武侯祠

在青山与雪山之外
在树海与花海之间
在彩云之南
在梦境之中
走进这座遥远的古城
走进这座
陌生的武侯祠

像在南阳
像在襄樊
像在成都
像在定军山
像在家中的台灯下
一遍遍阅读《三国志》
羽扇纶巾的汉丞相
又引领着我们走进了
那些家喻户晓的故事

保山武侯祠

让历史不再遥远

让边陲不再遥远

让遥远的保山

不再是一座陌生的城池

让心中的牵挂

又增添了丝丝缕缕

在追寻者的心中

山川不是屏障

时光不会流逝

何况我们不只是为了

追寻一段历史

惠通桥

自抗日战争年代即已名震中外的惠通桥,素有"抗日功勋桥"之美誉。

惠通桥横跨怒江大峡谷,始建于 1935 年,由爱国侨商梁金山捐巨资修建。先生拥资亿万,一生为祖国捐尽了全部家产,其义举令海内外无数人为之感动。50 年代,先生回归故里云南保山,于 1977 年在一座普通的农舍中与世长辞……

> 一根根铁索还是这般坚韧,
>
> 我怎敢相信这座桥梁已年过古稀;
>
> 那颗心还是和我的心跳动在一起,
>
> 我怎敢相信这位老人早已离去……
>
> 就是这座不起眼的索桥
>
> 把怒江两岸紧紧连接在一起;
>
> 就是这座孤零零的索桥
>
> 砰然斩断了日寇疯狂的铁蹄!
>
> 站立桥头放眼望去,
>
> 峡谷中的飞云又仿佛硝烟腾起……
>
> 抚着绝壁默默肃立,

每一块岩石都像是不倒的血肉之躯!

但,对于这座桥梁和这位老人的一切
我的诗显得多么苍白无力!
如今,这座索桥默默地留守在江上,
如今,那位老人静静地长眠在故里……

也许有一天
惠通桥也难免化作尘泥;
也许有一天
怒江上将会是高桥林立……

但我坚信,但我坚信:
惠通桥的所有故事
历史永远不会忘记!
人类永远不会忘记!

轻轻敲一敲桥梁的骨架,
我又听到了沉重的回音:
不,那分明是我眼中滴落的热泪,
把江心的大浪轰然溅起……

梦幻云南（3 首）

泼水节遐想

在意想不到的一刻

以妙不可言的姿态

千万朵莲花突然在空中绽开

五颜六色的人潮

突然间汇成了

一望无际的喧腾的大海

就这样，在路上走着走着

我们就

走进了傣家的泼水节

把桶儿拎起来

把盆儿端起来

把心儿捧出来

千万只看得见和看不见的容器

竟也倾注不尽

这么多欢乐

这么多爱

桶和桶搅和在一起

盆和盆碰撞在一起

心和心紧贴在一起

脸颊上、衣襟上

分不清是水珠还是欢喜的热泪

手臂上,筒裙边

分不清是彩虹还是云彩……

我来自长城逶迤的塞外

那里的春天是最干旱的季节

此刻,我真盼望这湿漉漉的衣服

再湿一些、再湿一些

好让我能把泼水节的喜悦

带回家去,收藏起来……

1990 年 3 月,在芒市过泼水节

在勐海

当我认识你时

长途车已经换乘了好几辆——

一次次,从始点驶向终点

从山顶回到山谷
又从山谷爬到了天上……

和我一起等车的
只有几个
花枝招展的小卜哨
和稚气未脱的小和尚
我们望眼欲穿
他们不慌不忙

长途车还没有来呢
那就再耐心地等一会儿吧
——让赶路的心停下来
好尽情地享受一下
这慢吞吞的时光……

是不是有什么鸟儿飞起来了
竹林里,忽然传出一阵喧响
我知道
这里就是孔雀的故乡……

1990 年 3 月,在勐海公路边等车时

双江的月亮

夕阳隐入了山谷
白云流入了鱼塘
匆匆赶来的月亮
绕过高高的大榕树
在窗前洒下了明亮的光芒……

索性走出旅店的竹楼
让月亮陪着我在林间徜徉……
因为啊，你不会相伴我很久
我也不会相伴你很久
到了明天的黄昏后，我的头顶，
又会是另一颗月亮……

远处有水声汩汩，
分不出那是小黑江还是澜沧江
脚下是起伏的小路
说不出的柔软、绵长……
最醉人的还是这颗月亮——
婆娑的月光不仅那么明亮
还散发着阵阵花香、稻香、茶香

这是属于我的——双江的月亮

在我的一生中

只有这一个晚上

此刻，夜已经很深很深了

而我，只想久久伫立在月光下

在这北回归线穿过美丽的地方

回忆一些永远做不到的事情——

比如，让头顶的这轮明月

永远陪伴我走向远方……

1990 年 3 月，于双江军垦二分场

梦幻云南（3 首）完

哈素海

哈素海
一个多么美丽的名字
在远离大海的草原
让我感到无比亲切

哈素海
一个多么美丽的地方
让远离草原的大海
突然出现在我的面前

哈素海
让我深信
在并不久远的从前
这里就是一片真实的大海

哈素海
让我担忧
在并不久远的将来
会不会成为后人的怀想

哈素海
让我知道了该怎样去珍爱水
从此,我会把每一片湖面
都当作一片海洋

召和蒙古包

圆圆的蒙古包
像美丽的伞
像盛开的花
像七彩穹窿
被变成无数精美的盆景

圆圆的蒙古包
又像是一部史诗长卷中的
无数个标点符号
免得远方来的游客
迷失于草原
神秘的历史

圆圆的蒙古包
更是草原的一座座
梦的宫殿
让我们从这里
遥望到她古老的神话
窥看到她比神话更美的
未来

马群

马群自天际飞奔而来
如黄河之水从天而泻
如钱塘之潮拍天而来

马群自天际飞奔而来
那动地的蹄声如隆隆春雷
那磅礴的气势如排山倒海

一碧连天的草原
金涛翻滚的马群
这无限壮观的景象
不会天上才有
只会属于人间

能营造这气象的
唯有马群
能显示这声势的
唯有草原

马群自天际飞奔而来
穿过一碧万里的草原
奔向我的胸怀……

后 记

HOU JI

对于诗歌,我们原本不想说太多的话。

这是因为,诗歌本身就是人类传递情感的最好方式。

除此之外,还有一个原因是:几十年来,关于新诗该怎么写,太多的诗人和诗评家已经说了太多的话,我们实在是没什么可说的了。

还是补充几句和这本三人诗集有关的话吧。

我们三个人,分别出生在江南、北京和南北气候分界线上,是命运 物线把我们先后投掷到了雁门关外的一座古城,在这里,我们未曾谋面,即已神交,后来又多年在一起从事为他人做嫁衣裳的文学编辑工作。作为可亲可敬的良师益友,我们从化雨主编那里受益多多。尽管,我们阅历不同、性格迥异,诗歌观点也常常各执己见;在工作中,有时还会为删改来稿中的一句诗、一个字和他争辩得面红耳赤,但相互间却从不会心存芥蒂。那时的人际关系,现在的人可能很难理解,但我们每每回想起来,总觉得 甜蜜沁入心扉……

如今,我们又各自生活在相距千里、数千里且并非故乡的不同城市许多年了,别时容易见时难,唯有诗心寄思念了!

但这也不是我们想编辑这本三人诗集的真正理由。

一个更认真的想法是,我们想通过这种编排方式,为诗歌不同的创作理念和表现手法提供一次对话的机会,这也是出于对诗歌本身的深深热爱和深深敬畏。如果这

样的尝试能够提供一种借鉴，使更多爱诗的朋友们因此
而找到更新鲜有趣的文学对话方式，岂不是又一个意外
的收获？

我们在编排上特意把应化雨先生的作品放在前面，
也不仅仅是出于浓浓的师生之谊和谦虚知礼。

上世纪80年代，不仅朦胧诗蓬勃兴起，也是哲理诗
的黄金时代，那时，相对于对物质的追求，人们似乎更热
衷于对生命意义的不倦追索。化雨先生既是哲理诗的热
心倡导者，也在这一领域取得了很大的成就。

其实，哲理诗在中国古典诗歌创作中始终占有极高
地位，从屈原、陶渊明、韩愈到苏轼、朱熹、龚自珍，他们的
哲理诗往往就是他们的重要代表作。

诚然，应化雨先生哲理诗的创作成就或许还未达到
古代名家的高度。但因不知从何时起，当代诗歌的口味变
得越来越重了，才使我们对他的诗歌产生了更多的留恋，
诗中那扑面而来的、久违了的清新气息，至今读来仍让人
不禁心生感动。话说回来，如果这些诗作能给今天的诗界
提供一些参照和启迪，也同样是一件值得高兴的事情。诗
的原野上，除了一望无际的薰衣草、紫罗兰外，也应该能
看到更多生机勃勃的人间草木，比如无花果，比如含羞草.
……

至于集子中我们自己写的这些小诗，自然也都来自
于生命年轮的悲欢记忆，浸润着我们对诗歌形式风格的

探求和理解,当然也盼望得到读者的青睐。但好在我们都曾办刊多年,不仅喜欢用挑剔的目光去审视别人投寄或发表的作品,也特别渴望聆听到见仁见智的不同意见。所有真诚的批评,不管它有多么尖锐和严苛,都会成为我们在诗歌路上踽踽前行的动力!

诗是情感的宣泄,或急或缓;诗是灵感的迸发,或明或暗;诗是生命的触觉,知冷知暖;诗是梦想的聚焦,亦真亦幻。诗人可以张扬狂醉,但终不可以纵欲宣淫;诗人可以颠沛流离,但决不可以灵魂贱卖。相对于动物本能和下半身,总觉得诗歌还是离人类的耻感和思维的快乐更近一些。除了坚守自身的底线之外,"诗无达诂"大概也是对诗歌内在张力一种很好的注解?

"才力应难跨数公,凡今谁是出群雄。或看翡翠兰苕上,未掣鲸鱼碧海中。"这是诗圣杜甫站在大唐诗歌的巅峰上发出的一声喟叹。假如目光能穿越一千多年的风霜雨雪,不知他老人家又会对今人的诗歌作何评判?

真正的诗歌,不会因诗人的老去而湮灭。也许才华与境遇注定我们永远写不出不朽的诗篇,但我们相信,中国的新诗总会迎来走进千家万户的那一天,像李白的床前明月,像杜甫的春夜喜雨……

如果说心中还真有个小小野心的话,那就是我们也希望通过这本诗集,让更多有同样人生经历的人、曾经热爱过诗歌的人,和我们一同回味那语言无法复述的岁月痕迹，一同拨动心中那沉寂已久的诗的涟漪……

　　还想说明一下的是，这本诗集中的多首诗作，已由曾任加拿大驻华使馆文化参赞的著名汉学家王健先生等译为英文，但因编排体例所限，此次未能得以收入到这个集子里，这不能不说是一个遗憾。在期望这些译作有机会早日和读者见面的同时，谨向译者表示由衷的歉意。

　　最后，我们除了向山西人民出版社领导和编辑朋友表示衷心感谢外，也向每一位有缘翻看了这本诗集的朋友表示深深的谢意，感谢你们和我们一道分享这属于诗歌的片刻时光，这茫茫人海中的不期而遇是我们一生的幸运！

王硕卿　　秦岭

2016 年 8 月